EN CRESCENDO

J. KENNER

AUTEURE DE BEST-SELLERS CLASSÉS AU NEW YORK TIMES

Droit au but - Mister Juin

Au beau fixe - Mister Juillet

Diable au corps - Mister Août

Cri du cœur - Mister Septembre

Corps à corps - Mister Octobre

État d'esprit - Mister Novembre

Force d'âme... - Mister Décembre

Cocktail royal - livre bonus

Blackwell-Lyon Sécurité

Nos adorables mensonges

Nos drôles de jeux

Nos belles erreurs

Nos plus beaux rôles

ÉCRIT COMME JULIE KENNER

Maman contre démon

Démon de l'après-midi

Démons et merveilles

Démon ne meurt jamais

Déjà démon

Allô maman, démon ! (nouvelle)

Démon ex machina

Démon en vadrouille

Démon à bord

Démon, mode d'emploi

EN CRESCENDO

J. KENNER

AUTEURE DE BEST-SELLERS CLASSÉS AU NEW YORK TIMES

M&O

Traduit de l'anglais par Laure Valentin

STARK SÉCURITÉ

**Charismatiques. Dangereux.
Terriblement Sexy.**

Découvrez les hommes de Stark Sécurité.
En mille éclats
Dans ton ombre (prequelle)
En mémoire de nous
En demi-teinte
En haute voltige
En ton nom
En crescendo (nouvelle)
En plein cœur
Plus de Stark Sécurité à venir

En crescendo © 2021, 2022 par Julie Kenner
Traduit de l'anglais par Laure Valentin pour Valentin Translation
Extrait de *Délivre-moi* © 2012, 2013 par Julie Kenner

Conception graphique de la couverture par Michele Catalano, Catalano Creative
Image de couverture par aarrttuurr (Deposit Photos)
ISBN (Digital): 978-1-953572-96-7
ISBN (Print): 978-1-953572-97-4

Publié par Martini & Olive Books
V-2022-4-30-P

PROLOGUE

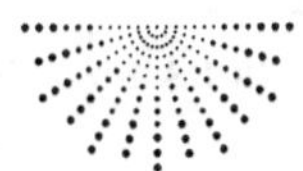

Il existe dans mes plus anciens souvenirs. Le garçon d'à côté, avec son sourire et ses blagues stupides. Nous jouions à chat dans le cul-de-sac avec son frère et les enfants du quartier. Nous cherchions des cailloux dans le champ derrière nos maisons, on se salissait avant de sauter dans la piscine gonflable pour nettoyer la crasse. Il était mon meilleur ami, mon allié le plus fidèle, le garçon avec qui je partageais tous mes secrets.

Il était mon roc avant d'être celui pour qui je craquais, le garçon pour lequel je dessinais des cœurs dans mes cahiers et écrivais de longs passages dans mon journal intime. Je ne le lui ai jamais dit. Je n'ai jamais partagé cette partie de mon cœur. Son amitié était trop importante et nous nous accrochions à elle comme un frère et une sœur au fil des ans.

Mon cœur s'est brisé quand sa famille a éclaté.

Ce mot terrible en D.

Divorce.

Ensuite, il est parti. Son père sur une côte et sa mère sur

l'autre, emmenant le garçon que j'adorais et son frère avec elle. J'ai pleuré cette perte, encore plus quand on a perdu contact.

Bien que la vie continue, je ne peux nier qu'il a laissé un vide dans mon cœur.

Aujourd'hui, il est de retour, et cette fois, une passion torride est palpable entre nous, me remplissant d'espoirs et de promesses.

Cependant, les années l'ont brisé, et maintenant, je ne peux m'empêcher de craindre que le garçon dont j'ai toujours eu besoin devienne un homme que je ne pourrai jamais avoir.

CHAPITRE UN

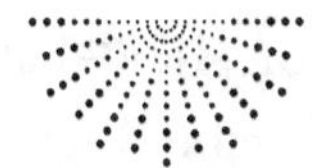

— Je suis paranoïaque, dis-je en descendant Whilshire vers le Java BV, un café local de Los Angeles qui vient d'ouvrir à Santa Monica, tout près de mon nouveau bureau. Ce n'étaient certainement que des faux numéros, hein ?

— Bien sûr, Abby, dit Lilah, dont le sarcasme résonne dans mes écouteurs tout à fait clairement. C'est ce que font les personnes qui se trompent de numéro. Ils ne raccrochent pas. Ils restent en ligne et respirent comme des crétins. Ensuite, ils appellent des milliers de fois en deux jours.

C'est une réponse typique de Lilah. Un sale type en a après moi.

Je lui demande de patienter en entrant dans le café et me mets dans la file pour commander. Elle commence à fredonner le thème de *Jeopardy* et je lève les yeux au ciel tout en l'ignorant pendant que j'attends mon tour.

J'ai rencontré Lilas Barrett le premier jour de 5e. Je tentais de trouver le courage de dire à Renly Cooper, mon meilleur ami d'enfance, que la sixième avait été un enfer parce que j'avais commencé à avoir des sentiments pour lui. J'avais fini par seulement gérer et l'éviter. Ce n'est pas comme s'il l'avait remarqué. Il était trop occupé avec le sport, les débats et le théâtre, tandis que moi j'étais dans la technologie, traînais dans l'aile des sciences et créais des jeux vidéo au lieu de faire mes devoirs.

J'avais espéré prendre mon courage à deux mains pour lui dire que ça me manquait de passer du temps avec lui, et que même si on n'était plus voisins, j'espérais qu'on pourrait rester amis. Je ne savais pas si j'allais reconnaître mon coup de cœur, mais Renly avait toujours eu le chic pour lire dans mes pensées, alors je me disais qu'il le savait certainement déjà.

J'étais nerveuse comme ça n'était pas permis rien qu'à l'attendre à côté de son casier, jusqu'à ce que cette fille, digne d'un conte de fées, fasse son apparition et commence à actionner le verrou à combinaison.

— Hmm, est-ce que tu viens chercher quelque chose pour Renly ? avais-je demandé.

Elle avait tourné ses yeux pâles vers moi.

— Waouh, il y a beaucoup d'orange dans ton aura, avait-elle dit. Qu'est-ce qui te stresse ?

J'aurais dû lui dire que ça ne la regardait pas et lui demander pourquoi elle voulait accéder à son casier.

À la place, je lui avais déblatéré ma vie, pour conclure que j'attendais Renly pour simplement lui dire que mes hormones d'adolescente étaient sous contrôle et que mon meilleur ami me manquait.

— Oh, waouh. Ça m'a donné le tournis. Peut-être que tu devrais trouver son nouveau numéro de téléphone et lui dire ? S'accrocher à ce genre de bagage émotionnel peut perturber ton aura et la tienne est déjà bizarre.

J'avais ignoré tout le truc à propos des auras et j'étais allée au cœur du problème.

— Nouveau numéro de téléphone ?

Elle avait haussé les épaules.

— Au secrétariat, ils m'ont dit que le gars qui avait ce casier avait déménagé hors de la ville. Je suppose qu'il est à moi jusqu'à l'obtention du diplôme. Désolée.

Renly et Red avaient fait la danse des Parents qui Divorcent tout l'été, ils avaient insisté pour rester avec leur père dans le nord même s'ils ne voulaient pas partir. Ils étaient tout de même partis, leur mère avait déménagé avec les garçons à Houston. Je ne l'avais pas vu depuis qu'il était parti en juin.

Toute cette situation était nulle, mais au moins, ça voulait dire que je n'avais pas à faire semblant de ne plus craquer quand j'étais près de lui. Ce n'était pas nécessairement un avantage puisque mon ami me manquait toujours.

Le bon côté était que j'avais gagné Lilah. Malgré le fait que nous étions très différentes, nous sommes devenues des amies très proches.

Désormais, nous sommes également voisines puisque je loue la moitié d'un duplex à Santa Monica qu'elle a hérité de ses parents après leur mort dans un accident d'hélicoptère au cours de notre première année à l'Université de Californie.

———

— Un latté ? demande-t-elle quand je suis de retour dans la rue. Je pensais que tu diminuais la caféine.

— Non. Tu as dit que je devais arrêter la caféine, et j'ai dit que j'essaierais. Aujourd'hui, j'ai besoin du réconfort mousseux de la caféine.

Je prends une gorgée et je soupire de plaisir. Je fronce les sourcils en me rappelant pourquoi j'ai besoin de réconfort.

— Combien d'appels aujourd'hui ?

— Sept aujourd'hui. Cinq hier.

— Penses-tu que ça a un lien avec Baise-Moi ?

Je réprime un grognement.

— Ce n'est pas comme ça que s'appelle l'application et tu le sais.

— Je crois seulement en la publicité disant la vérité.

— Ce n'est pas non plus ce que je recherche et tu le sais aussi. Il n'y avait que ça. Ce n'était pas ce que je voulais et si j'avais su, je ne me serais pas inscrite à ce genre d'application. Je sais que je parais frustrée, mais c'est seulement parce que je le suis. C'est tellement difficile de rencontrer quelqu'un dans cette ville et je ne suis pas intéressée par les coups d'un soir à répétition et les amitiés améliorées.

— Tu as raison. Je suis désolée. On revient au sujet.

Tu penses que ça a quelque chose à voir avec Trouve ta Tribu ?

— Je ne sais pas. Peut-être ? Il y a environ un mois, j'ai décidé d'essayer la nouvelle application de rencontre d'un ami à laquelle un gars de l'université que je connais venait de s'inscrire. On peut l'utiliser pour chercher de nouveaux amis — trouver sa tribu — ou pour faire des rencontres amoureuses. Elle est supposée être axée sur les relations, pas pour coucher, et même si les rencontres en ligne n'ont jamais été mon truc, Cedric l'avait créée, et j'avais décidé d'accepter d'être une bêta-testeuse.

— Est-ce que les personnes sur l'application ont ton numéro de téléphone ?

— Non. L'application l'a, mais elle ne le partage pas. Les appels arrivent sur mon téléphone professionnel aussi. C'est à ceux-là que je réponds. Je laisse les numéros inconnus sur mon portable basculer sur le répondeur.

— Tu les as aux deux endroits ?

— Oui.

— Tu es allée à quelques rendez-vous avec l'application, non ?

— Oui, je… attends. C'est Darrin.

Je mets Lilah en attente, puis je prends l'appel entrant. Darrin est le nouvel employé du bureau de Los Angeles de Consulting Grteystone-Branch, le plus gros client de Fairchild & Associés. Et puisque je suis l'associée en question, je prends ma voix de bureau et réponds.

— Darrin, je ne suis plus à mon bureau. Avons-nous oublié quelque chose ?

Il est plus de dix-huit heures, nous sommes vendredi et j'ai passé la plus grande partie de la matinée et de l'après-midi en vidéoconférence avec lui afin de travailler sur différents éléments qu'ils voulaient ajouter au nouveau logiciel de marketing que nous avons créé. La marche jusqu'au café était pour m'éclaircir les idées avant d'apporter mon ordinateur portable sur la table de la cuisine et rattraper mon retard.

Oui, je sais comment commencer le week-end en fanfare.

— Non, non, je pense que nous avons un très bon début. Il y a beaucoup à faire, par contre Bijan est sur mon dos. Je me demandais si je pouvais passer à votre bureau demain ? On pourrait être plus efficace. En présumant que ça ne perturbe pas vos plans pour le week-end.

— Non, non, pas du tout.

Merde, merde, merde. J'ai *prévu* de travailler demain, mais j'avais l'intention de le faire de la maison. Toutefois, les relations avec les clients sont importantes et il a raison, on n'a pas beaucoup de temps.

— Si l'on se donnait rendez-vous à quatorze heures ? J'ai des choses à faire au cours de la matinée.

— Parfait, répond-il. J'apprécie beaucoup. Je suis toujours nouveau et c'est le premier projet que je gère du début à la fin. Je veux impressionner mon patron, vous voyez ?

Je ris.

— Oui. Je vois. J'ai le même sentiment avec la mienne, non, mon *associée*.

Nikki Fairchild Stark est brillante dans la technologie, dans les codes, et implacable quand il s'agit de bien faire un travail. Elle est aussi géniale avec les clients, belle à tomber par terre et mariée au millionnaire Damien Stark. Je devrais être super intimidée et je l'étais au début. Nous sommes devenues des amies très proches.

— Important ? demande Lilah quand je reviens en ligne.

— Il est nerveux par rapport au délai. Je ne le lui reproche pas. Il y avait un mec, dis-je en revenant au sujet du mec flippant, il n'arrêtait pas de me dire que j'étais jolie et voulait parler de jeux PC rétro. Je veux dire, il était sympa, mais un peu étrange, alors peut-être…

— C'est peut-être lui et il n'est peut-être pas méchant du tout. Il essaie peut-être de trouver le courage de te parler.

— Peut-être…

Ça ne me paraît pas cohérent et je lui dis.

— Travis ?

— Jamais de la vie ! m'exclamé-je. C'est devenu étrange entre nous, mais il ne…

— Je transmets seulement des idées comme ça. Tu sais ce que je pense de son aura.

Je fronce les sourcils. Un ancien collègue de travail qui a démissionné il y a un mois environ. Travis et moi étions sortis à quelques reprises. Je pensais qu'il voulait une relation. Lui croyait qu'on voulait seulement s'amuser. Ça n'a pas été facile pendant un moment, mais on a réussi à trouver une solution.

— On est toujours amis. En plus, il est dans le comté d'Orange. S'il était obsédé par moi, il serait resté dans les environs.

— Peut-être, concède-t-elle, mais ça nous ramène à l'application. C'est probablement un mec qui a découvert qui tu étais en voyant ta photo de profil et est dégoûté parce que tu ne l'as pas choisi dans la masse. Ou un autre avec qui tu es sortie seulement pour boire des verres. On peut exclure le gars des jeux rétro, mais est-ce qu'un autre t'a semblé du genre à harceler ?

J'y réfléchis.

— Pas vraiment.

— Hmm… Tu devrais peut-être les contacter quand même. Pour voir si l'un d'eux a une attitude fuyante.

Je fais une grimace. La dernière chose dont j'ai envie c'est de contacter des gars avec qui ça n'a pas fonctionné en tant qu'ami ou partenaire.

— Je pense plutôt opter pour le plan : *ignore-le et il finira par arrêter.*

— C'est une solution. Et honnêtement, je ne m'en ferais pas trop. C'est un connard. À quel point un mec qui respire dans son téléphone peut-il être dangereux ?

Puisque je suis une grande fan de films d'horreur, je ne réponds pas. Mais le son de la respiration de Michael Mayer commence à résonner dans ma tête. *Super.*

— Continuons cette conversation à la maison ce soir. Des cocktails sous la véranda ?

— Oh que oui, dis-je en terminant l'appel.

Puisque mon ordinateur portable est déjà dans mon sac, je n'ai pas à retourner à l'intérieur. Je me dirige donc directement vers ma voiture qui est garée dans la rue. Habituellement, je me gare dans le garage, mais j'étais arrivée dans l'après-midi et il y avait une place, alors je l'avais prise. J'approche de l'arrière de ma jolie petite Fiat bleue, achetée quand Nikki m'a nommée associée.

Je tourne à gauche pour aller vers le siège passager, mais je ralentis quand je remarque que quelque chose ne va pas.

Mes jambes deviennent flageolantes. Le capot de ma voiture est recouvert de quelque chose de visqueux et rouge. Du sang.

CHAPITRE DEUX

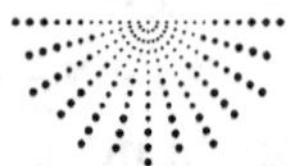

R enly Cooper s'appuya contre le bureau qui lui avait été assigné quand il avait rejoint Stark Sécurité quelques semaines plus tôt. Il avait l'impression que ça faisait plus longtemps que ça. Pour la première fois depuis longtemps, il avait l'impression qu'il avait trouvé un foyer. Une motivation.

Un homme comme lui avait besoin d'une motivation dans son travail, parce qu'il n'arrivait pas à la trouver dans sa vie privée.

De l'autre côté de la pièce, Linda Starr le salua de la main avant de lui faire signe de se joindre à elle. Il sourit et hocha la tête en s'éloignant du bureau. Il avait récemment rencontré Linda et son mari, ou plutôt son futur ex-mari, mais il les avait aimés en un instant. C'était le cas de toute l'équipe.

Il espérait être à la hauteur de toutes leurs attentes. Il avait été honnête avec Damien Stark et Ryan Hunter à propos de la blessure qui lui avait fait quitter les

SEALs, mais il n'était pas entré dans les détails. La vérité était qu'ils cherchaient une personne avec des contacts à Hollywood, et lui voulait un travail plus sérieux. Il avait hâte d'échapper aux projecteurs d'Hollywood et prendre quelques missions à l'international, qui devenaient de plus en plus fréquentes avec l'agence qui grandissait.

— Tu sembles heureux, remarqua Linda. J'espère que ça veut dire que je vais aussi me plaire ici. Les nouveaux Américains doivent se serrer les coudes.

— Je suis presque sûr que je suis né pour ce travail. Une tactique solide, des opérations d'investigation à l'échelle mondiale. Ça va me changer des plateaux de films et ça va faire du bien.

— Ça te changera de ton travail chez les SEALs, c'est sûr, mais ça devrait être intéressant.

— C'est vrai, admit-il, mais je veux être sur le terrain. Pas aider des chorégraphes à faire une version fictive du terrain.

Elle pencha la tête en plissant les yeux comme s'il était une énigme qu'elle ne pouvait pas résoudre.

— Alors pourquoi tu l'as fait ?

Il grimaça.

— C'est une longue histoire, dit-il, ce qui était techniquement vrai. Je te la raconterai un jour. Je n'ai pas détesté ça, loin de là. J'ai rencontré beaucoup de gens intéressants.

Elle pouffa de rire.

— Oui, toute la ville a vu des photos de toi et de ces personnes intéressantes.

Oui, bon…

Elle balaya ses mots de la main.

— Je te taquinais. Désolé. Finalement, tu aimais ça, mais ce n'est pas ce que tu étais destiné à faire.

— Exactement.

— C'est bien d'avoir un autre renouveau ici. Tes contacts à Hollywood aident bien, non ? Tu nous as fait venir Winston et moi à cette fête.

— Oui. Il est sorti avec la superstar Francesca Muratti plus longtemps qu'il n'aurait dû. Son petit plaisir était d'aller dans ce *genre* de clubs pour montrer juste assez de peau quand elle sortait de la limousine, afin que les reporters de tabloïds ne puissent s'empêcher de la photographier. Elle gardait les choses réellement coquines pour les salles privées, mais elle savait comment tenir la presse, même si ce n'était pas le genre de presse que Renly aimait. Je suis content que ça ait marché pour vous. Elle et Winston étaient allés à une fête sexy ensemble pour une opération, mais il savait qu'ils avaient des problèmes de leur côté aussi.

Les commissures de ses lèvres se relevèrent.

— Oh, oui. Pour le dossier et pour nous deux. C'est toujours bon de se reconnecter avec la personne que l'on aime, tu sais.

Elle fit un signe de tête en direction de Winston, son expression était un mélange de douceur et de chaleur.

— Oui, mentit-il. Je sais.

— En parlant de ça, poursuivit-elle, je vais

retourner près de lui. Je voulais juste te dire que je suis heureuse de travailler avec toi.

— Moi aussi, répondit-il sincèrement.

En fait, il n'y avait personne à Stark Sécurité qui n'était pas à la hauteur. Sauf peut-être lui.

Il prit une inspiration, redressa les épaules et s'obligea à passer à autre chose. Il parcourut la pièce des yeux.

La journée de travail se terminait, mais tout le monde était dans les bureaux avec époux et amis pour souhaiter la bienvenue à Linda dans la famille. Il avait eu un comité d'accueil similaire quand il avait officiellement rejoint l'équipe, mais la fête de Linda avait une énergie que la sienne n'avait pas, principalement parce que son arrivée à Stark Sécurité était inhabituelle, si on ajoutait le fait que jusqu'à il y a quelques semaines, son mari, Winston, pensait qu'elle était morte.

C'était une fête pour son nouveau travail, mais aussi pour sa nouvelle vie. Et son amour aussi. Parce que quand il les regardait tous les deux, les regards pleins de chaleurs, les sourires partagés, il était évident que ces deux-là étaient faits l'un pour l'autre.

Ça l'était en apparence, en tout cas. Renly avait travaillé assez longtemps à Hollywood pour savoir que les choses n'étaient pas toujours comme elles semblaient l'être.

Hollywood… Toute sa vie était un amas de choses qui n'étaient pas ce qu'elles semblaient être. Sa vie était une belle démonstration de l'adage : « les choses ne durent jamais ».

Il espérait que Winston et Linda étaient une exception à la règle.

— Renly ?

Il cligna des yeux, puis il se rendit compte qu'il fixait le couple, la main de Linda dans celle de Winston, son expression pleine d'amour au point que son cœur lui faisait mal.

— Désolé. J'ai l'impression d'être un voyeur.

Ils rirent tous les deux, et il se botta les fesses dans sa tête quand il se tourna vers Nikki Stark, qui se tenait juste à côté du couple. En parlant d'exception. D'après ce que pouvait dire Renly, Nikki et Damien Stark étaient non seulement parmi les plus riches, mais aussi les plus passionnés. Dieu sait qu'ils avaient traversé bien des épreuves, toutes étalées dans les tabloïds, et ils étaient toujours…

— Il y a une urgence. Je dois y aller, annonça Nikki.

Winston fit un pas vers elle.

— Les enfants ?

Elle secoua la tête quand elle parcourut la pièce du regard, certainement à la recherche de Damien.

— Non, non, c'est mon assistante. Je veux dire mon associée.

Renly fronça les sourcils quand les choses se mirent en place.

— Abby ? Elle va bien ?

Il s'avança.

Quelques jours auparavant, il avait appris que son amie d'enfance, Abigaïl Jones travaillait avec Nikki. Il avait prévu d'aller la voir, mais il avait été occupé sur une enquête d'espionnage industriel avec Leah et il ne l'avait toujours pas fait. De toute façon, ils ne s'entendaient plus aussi bien.

— Je… Je ne suis pas certaine.

Elle déglutit, de la peur obscurcissait son beau visage.

— Désolée. Je dois vraiment y aller, poursuivit Nikki en levant la main pour attirer l'attention de Damien.

Renly n'hésita pas. C'était Abby après tout.

— Attendez, dit-il. Je viens avec vous.

———

Renly courut sur la scène derrière Nikki et Damien, accompagné du vrombissement et le grondement de sa Ducati Panigale 2019. Le son était fort, presque assourdissant, mais il n'effaçait pas l'inquiétude qui le rongeait comme un parasite.

Qu'était-il arrivé à Abby ?

Il aurait aimé avoir l'adresse. Damien Stark savait comment tenir cette Bugatti, et il était au-delà de la vitesse autorisée, mais Renly les aurait laissés loin derrière si seulement il savait où ils allaient.

Un virage, puis un autre et trop de maudits faux, et pendant tout ce temps, son esprit était envahi par la peur.

Finalement, le trajet dura moins de dix minutes, ce qui lui sembla pourtant une éternité. Abby. Il dut prendre un moment pour respirer, choqué non seulement par l'intensité de son soulagement, mais aussi par le flot qui explosa en lui en la revoyant.

Nikki était déjà à ses côtés, à peine sortie de la Bugatti arrêtée, et Damien se trouvait à quelques pas derrière.

Renly toutefois était figé.

Elle allait bien.

Il laissa les mots glisser sur lui, choqué par sa réaction viscérale, bien qu'il sache qu'il ne le devait pas. Abby avait été son roc quand sa mère avait perdu l'ouïe puis quand son père avait fait ses valises et était parti, traînant son derrière jusqu'à New York.

Alors, oui. Abby était importante pour lui. Bien sûr qu'il était soulagé.

Il gagnait aussi du temps.

C'était un mensonge. Cela faisait plus de dix ans qu'ils ne s'étaient pas vus, et pourtant, il aurait pu la reconnaître n'importe où. Ses grands yeux, ses boucles blondes. Cette bouche douce dont il se souvenait le sourire grimaçait à présent, et ses dents éraflaient sa lèvre inférieure d'inquiétude.

Il avait déjà tenté de prendre son téléphone pour l'appeler, mais l'avait toujours reposé quand il se rendait compte qu'il l'appelait uniquement parce qu'il traversait un moment difficile dans sa vie et qu'il voulait en parler. Et pourquoi pensait-il qu'elle aimerait qu'il lui balance tout ça, alors qu'il ne lui avait jamais envoyé la moindre carte de Noël pendant tout ce temps ?

Elle était restée dans son esprit et son cœur, la seule

amie proche du sexe opposé qu'il avait eue dans sa vie. Même Tacha, qui était à ses côtés au combat et pour qui il pourrait risquer sa vie, n'avait jamais été assez proche pour discerner les démons d'enfance qui avaient forgé l'homme qu'il était devenu et qui le tourmentaient toujours.

C'était le cas d'Abby, et c'était peut-être ce qui l'effrayait, mais si elle ne le reconnaissait pas, cela aurait l'effet d'un coup de poignard dans le cœur.

Merde.

Il descendit de sa moto et se précipita vers eux en retirant son casque. Abby secouait la tête, s'attardant près de la portière conducteur pendant que Nikki lui disait quelque chose pour l'apaiser.

Puis elle s'arrêta, elle tourna la tête et ses yeux s'agrandirent. Puis elle cria et courut vers lui, les bras grands ouverts, en criant « *Renly !* »

Il l'attrapa, la fit tourner tout en se sentant idiot pendant tout ce temps. C'était Abby.

Pourquoi avait-il été inquiet ?

CHAPITRE TROIS

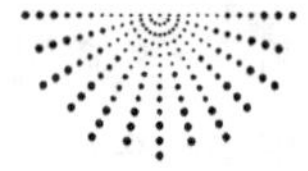

— Renly Cooper, c'est bien toi ?

Je respire fort, instable sur mes pieds maintenant qu'il m'a reposée au sol. Je suis étourdie, oui, mais pas seulement parce qu'il m'a fait tourner. Non, je le suis parce que mon monde vient d'être bousculé.

— Quand as-tu grandi autant ?

Et aussi bien, pensé-je sans le dire à voix haute. Le Renly que j'ai connu s'en moquerait, mais je n'en suis pas certaine pour ce beau spécimen de héros masculin. Je veux dire que le jeune homme athlétique que j'ai connu était réellement mignon, mais le Renly en face de moi est du genre à donner envie à toutes les femmes.

J'essuie ma bouche du revers de la main, seulement pour être sûre, puis je ris en secouant la tête. Sachant que j'étais en panique et terrifiée moins de dix minutes plus tôt, je dois dire que là je me sens vraiment bien.

— Tu as refait ma journée ! Je veux dire, tu l'as *complètement* retournée.

Il sourit aussi.

— Alors tu as fini ? Elle a toujours trop parlé, ajoute-t-il en lançant un regard à Damien.

Je lui donne une petite tape sur l'épaule.

— Je suis trop contente pour te réprimander. Comment ça se fait que tu sois là ?

— J'ai pris le mauvais virage à gauche, dit-il en faisant allusion à nos blagues entre nous, une qui avait commencé en CE1, bien que je ne me rappelle plus comment, et l'on se remet à rire tous les deux.

À côté de nous, Nikki s'éclaircit la gorge, réprimant un rire. Je vois son regard se diriger vers Damien qui lui prend la main avant de parler.

— Je vais dire ce qui est évident : vous vous connaissez ?

Je croise le regard de Renly et hausse les épaules.

— Non.

— Jamais vu de ma vie. Il les regarde tour à tour avant de se retourner vers moi.

— Je ne pense pas qu'ils nous croient.

— Oui, bon Damien est assez intelligent. Pas grand-chose ne lui échappe.

— Merci beaucoup, dit Nikki et je lance un sourire heureux à ma patronne, mon *associée*. Cette journée a fait un virage à cent quatre-vingts.

— On était voisins quand on était petits, explique Renly. On a fait un pacte quand on était en CE1. Moi et Abby.

— Pauvre Red.

— J'approuve, dit Nikki. Je suis dans l'équipe Red.

Je les regarde tour à tour et je comprends.

— Attends, tu es en train de me dire que le gars appelé Red qui t'a aidée pendant la prise d'otage à Manhattan était Red *Cooper* ?

— On est tous les trois amis, poursuit Renly, mais Abs et moi, on était liés comme les dix doigts de la main au collège.

Renly croise à nouveau mon regard.

— Red va être fou quand il va entendre que tu es en ville.

— Red est ici ?

Je commence à avoir le tournis. Red et Renly sont tous les deux dans la région de L.A. ?

— Comment ça se fait que je ne le sache pas ?

C'est une question rhétorique : je sais parfaitement ce qu'il s'est passé. Nous avons perdu contact quand sa mère est partie de Santa Clarita Valley pour aller à Hudson avec eux. Nous avions commencé à nous séparer avant ça, ce dont je me blâme puisque j'avais développé un réel coup de cœur pour lui. Et bien sûr, je l'évitais.

Ce n'était pas difficile. C'était une nerd dans l'aile des sciences et il était devenu ridiculement populaire, à la fois grâce à son apparence sérieuse et athlétique. Il notait à peine mon absence dans les environs. Après tout, il avait presque un harem de filles, qui avaient mûri bien plus vite que moi.

À l'époque, je le blâmais, lui. Maintenant, je sais que je n'ai pas été une bonne amie.

Peut-être qu'on aurait pu se remettre sur les rails, mais ils sont partis pour le Texas. On a échangé quelques appels et quelques mails au collège et ensuite nous avons en quelque sorte perdu contact. J'ai su que Renly avait rejoint l'armée, mais j'ai été aspirée par l'université et le travail et j'ai ensuite perdu sa trace.

Bien sûr, il avait perdu la mienne aussi.

Rien de tout ça n'a d'importance aujourd'hui, bien sûr. Je suis trop heureuse de le revoir. Ce garçon qui a été mon premier meilleur ami et mon premier *crush*.

— … Mais qu'est-ce qu'il se passe ?

Je réalise que je me suis complètement perdue dans mes pensées et je cligne des yeux vers lui.

— Quoi ?

L'expression de Renly est mi-inquiète, mi-exaspérée.

— Nikki a dit qu'il y avait une urgence, que tu avais des ennuis.

— Oh !

Je tourne la tête vers Nikki et Damien qui m'étaient complètement sortis de la tête, sans mentionner les dégâts sur ma voiture qui m'avait poussée à appeler Nikki.

— Non.

Je secoue la tête.

— Ça va. Étrange, mais pas aussi effrayant que je le pensais. Quand tu t'es garé, je disais à Nikki et Damien que j'avais crié au loup trop tôt.

— Et je disais que ce n'est pas parce que c'est du faux que ce n'est pas intentionnel, répond Nikki en faisant la moue.

— Du faux ? répète Renly. Faux quoi ?

Il s'approche assez pour voir le capot de ma voiture. Je le suis et grimace en le revoyant. L'horrible renversement de pâte visqueuse rouge partout sur le capot.

— C'est quoi ?

— Je l'ai vu et j'ai pris peur, expliqué-je. Je reçois ces appels étranges alors j'étais un peu à cran. J'ai cru que c'était du sang et j'ai exagéré.

— *C'est* du sang, dit Renly en s'approchant et en passant un doigt dans la pâte. En quelque sorte. Du sirop de maïs, de la teinture, un peu de savon. Quelques autres ingrédients en plus. Tout ça mélangé, c'est le genre de faux sang qu'on utilise dans les films.

— La personne qui te harcèle n'avait pas les tripes pour sacrifier une chèvre sur ton capot.

J'ai un mouvement de recul, ma joie de revoir Renly estompée par le fait de savoir que quelqu'un a voulu me faire croire que c'était du sang.

— Ça ne concerne pas seulement ta voiture, dit Damien à quelques mètres de là.

Ce dernier revient vers nous le long de la file de voitures parallèle au trottoir.

— Deux autres voitures entre toi et l'intersection ont la même chose sur le capot.

De l'espoir palpite dans ma poitrine.

— Je n'ai pas besoin de m'en faire ?

— Je veux en savoir plus sur ces appels, exige Renly

fermement. Si ce n'est que quelques appels de personnes qui ont raccroché, et qu'il n'y a pas d'escalade, alors tu n'as pas à t'en faire. La question est… Le faux sang se trouve-t-il un cran au-dessus ?

— Je serais plus inquiète si ça avait été seulement ta voiture. Ou du vrai sang, fait Nikki pendant que Damien consulte son téléphone. On dirait que tu n'es pas la cible.

Elle regarde Renly.

— Qu'en penses-tu ?

— Certainement une personne qui tourne un film pas loin. Quelque chose avec peu de budget, avec un assistant de direction qui a décidé de s'en donner à cœur joie après le tournage.

— Waouh. C'est très précis.

— J'ai beaucoup travaillé sur des plateaux ces derniers temps. J'ai vu pas mal de stagiaires et je sais comment les enfants de l'université se comportent. Surtout si l'un d'entre eux essaie d'impressionner ses amis. Ça n'arriverait pas sur un film d'action à gros budget, mais quelqu'un d'une école de cinéma qui fait un court-métrage et qui aurait besoin de faux sang… Je peux facilement imaginer un idiot dans l'équipe qui l'éparpille sur des voitures pour plaisanter.

— Bien joué, complimente Damien. Il y a une équipe d'étudiants de l'UCLA qui tourne un film d'horreur à trois pâtés de maisons. Un de leur seau de faux sang a été volé hier soir.

— Comment peux-tu savoir…

Il sourit à Nikki.

— J'ai envoyé un message à Rachel, dit-il en parlant de son assistante exécutive. Elle a appelé le commissariat local. Le professeur-superviseur l'a signalé. Des tables pliantes et d'autres équipements ont été subtilisés.

— Alors ce ne sont que des enfants qui font des bêtises, soufflé-je avec soulagement.

— Probablement, répond Renly. Pour en être sûr, on va sortir les vidéos de surveillance.

Il jette un œil à l'immeuble de nos bureaux et d'autres dans les environs.

— Je ne suis pas certain que les caméras de surveillance aient des vues sur la rue, mais ça vaut le coup de vérifier. Je vais demander à Ryan de mettre quelqu'un sur le coup.

— Parfait, dit Damien.

— Attends. Ryan ? Est-ce que ça veut dire que tu…

Je m'interromps en regardant Damien et Renly tour à tour.

— Merde, c'est pour ça que tu étais avec Nikki. Tu travailles à Stark Sécurité ?

— Renly est l'avant-dernier nouveau membre de l'équipe, informe Damien. Il nous a rejoints avant que Winston parte au Texas pour découvrir que sa femme décédée était revenue à la vie.

Je grimace. Je ne travaille pas à Stark Sécurité, l'agence fondée par Damien après l'enlèvement de sa plus jeune fille. Cependant, j'ai entendu des histoires avec Nikki. Celle à propos de Winston Starr qui apprend que sa femme qu'il avait cru morte était en fait un assassin qui avait feint sa mort, était le genre d'histoire dont on pouvait faire un film. Avec du faux sang et tout.

— On revient en arrière, d'accord ?

Je les considère tous les trois.

— Tu travailles à Stark Sécurité ? Je pensais que tu étais au Moyen-Orient avec les SEALs.

— Tu le savais ?

Il lève les sourcils, clairement surpris.

Je hausse les épaules.

— Je demande de tes nouvelles à ma mère de temps en temps. Elle ne sait pas grand-chose, mais elle a de tes nouvelles par ta mère. Elles sont restées en contact. Un peu, du moins.

— Elle a du retard. Je n'ai pas resigné. Et ça fait presque deux ans que je suis de retour à Los Angeles. Je pensais que tu étais allée dans le nord au MIT après avoir fait l'UCLA.

— Après avoir obtenu mon diplôme, je suis revenue ici et j'ai fini...

Je m'interromps.

— Tu sais quoi ? Je pense qu'on a *plein* de choses à se raconter. Je n'habite pas trop loin. Tu veux passer ? Boire un peu de vin et se raconter des trucs.

Je jette un œil à Nikki et Damien.

— Vous êtes les bienvenus aussi, bien sûr. Je suis reconnaissante que vous soyez venus à mon secours, je suis vraiment désolée que ce soit une fausse alerte.

Je dois aller à la station de lavage avant que ce truc détruise ma peinture.

— Ne sois pas *désolée* pour la fausse alerte, et merci pour l'invitation. Je pense qu'on va retourner à la fête et dire à tout le monde que tu vas bien.

— Tu es sûre ? Je veux dire… Renly ne devrait pas y être ?

— Je ne pense pas que ça dérangera Linda ou Winston, affirme Renly.

— En effet, dit Damien. Et même si tout ça ne va sûrement être que des canulars téléphoniques, je vais appeler et dire que Renly est officiellement assigné à ta sécurité. Ça te va, Cooper ?

— Oh que oui, répond Renly.

— Mais… commencé-je, mais il me coupe en levant la main.

— C'est mon travail. Je veux m'assurer que tu rentres chez toi en toute sécurité. On a vraiment des choses à se raconter, ajoute-t-il avec le même sourire qui me faisait fondre quand j'étais amoureuse de lui.

CHAPITRE QUATRE

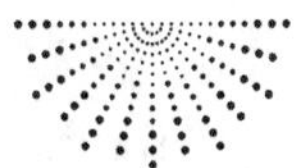

Je me dirige droit vers une station de lavage de voitures pas très loin de chez moi et il me suit en moto. Je n'arrête pas de lui lancer des regards dans le rétroviseur en conduisant, je n'arrive toujours pas à croire que Renly est de retour dans ma vie.

Cette pensée m'a prise de court. Même si nos retrouvailles dans la rue ont été remplies d'excitation et d'adrénaline, il se pourrait que nous n'ayons plus rien en commun. Il se pourrait qu'une fois chez moi, tout ce qu'il y aura entre nous soit de longs silences gênants.

Mon Dieu, je ne l'espère pas. En ce moment, je rayonne de bonheur. Je ne veux pas que ce sentiment prenne fin.

J'entre dans la station de lavage et me gare sur l'un des emplacements. Je prends une grande inspiration avant d'éteindre les moteurs pour me ressaisir. Peu importe ce qu'il se passera, c'est bon de reprendre contact avec lui. Pour le moment, je ne cesse de me le rappeler, tout se passe bien. Le tout est de faire attention à ses attentes et je le fais tous les jours avec les clients.

Dans le rétroviseur, je le regarde descendre de sa moto et traverser la station vers moi. Je sors et je vais à sa rencontre à l'arrière de la voiture.

— Je n'ai pas la moindre pièce. Et toi ?

— Non, aucune. Mais j'ai une carte de crédit.

Je suis sur le point d'aller sur le côté pour faire démarrer le système, mais il y parvient avant moi et glisse sa carte en me souriant quand les machines commencent à vrombir.

Cette station en particulier a des tuyaux d'arrosage des deux côtés de chaque emplacement. J'avais toujours présumé que c'était pour éviter de laisser traîner un tuyau sale par-dessus la moitié lavée de sa voiture afin de nettoyer l'autre. Aujourd'hui, je soupçonne une autre raison.

Renly a la même idée, parce que je vois une lueur dans ses yeux en allant de l'autre côté pour prendre le tuyau enroulé, les mains posées sur l'embout.

— N'y pense même pas !

Ses yeux s'agrandissent, faussement candides.

— Je ne vois pas de quoi tu parles.

J'éclate de rire. Puis, riant toujours, j'appuie sur la détente et je l'arrose, en l'atteignant accidentellement sur l'entrejambe.

— Vraiment ? dit-il. Chérie, tu vas payer pour ça.

— Pfft.

Je fais un pas chassé pour éviter son jet dirigé vers moi.

— J'aurais cru que quelqu'un dans l'armée aurait un temps de réaction plus rapide.

Il vise à nouveau et cette fois, il réussit à tremper le t-shirt que je portais pour aller au travail ce matin.

— Hé ! protesté-je. C'est un véritable t-shirt Old Navy en promotion. Comment oses-tu le souiller ?

— Il te va très bien, dit-il en laissant ses yeux me parcourir en me reluquant de manière exagérée.

Je baisse les yeux et réalise que puisque je savais que personne d'autre ne serait au bureau aujourd'hui, je n'avais pas pris la peine de mettre un soutien-gorge. C'est quelque chose que je peux habituellement cacher, mais avec un t-shirt mouillé, même mon bonnet B semble bien ferme.

Je lève les yeux au ciel.

— Pervers.

Je ne m'excuse pour rien du tout.

— Sois sage, lui ordonné-je avant de pointer le capot de ma voiture. Et nettoie.

Il le fait, cette fois en dirigeant le jet pour éviter que la matière visqueuse m'éclabousse. Je me joins à lui et on retire rapidement tout le faux sang, et on nettoie ma voiture.

Il fait un pas en arrière comme un contremaître sur une ligne d'assemblage avant de croiser mon regard par-dessus le toit.

— Tu te souviens de toutes ces fois où on courait

dans ta cour, moi avec le tuyau de l'arrière de la maison et toi avec celui sur le côté ?

— Je te touchais à tous les coups.

— Jamais de la vie. Je te laissais faire. Je suis plus âgé d'un an, tu te souviens ? Je devais veiller sur toi. Faire attention à ne pas heurter la confiance de cette enfant fragile.

— Une semaine. Nos anniversaires ont une semaine d'écart. Décembre et janvier, d'accord, mais ça reste une semaine.

— C'est comme ça. Deux années différentes. Je suis de toute évidence plus vieux et plus sage.

— Je pense que tu voulais dire « un gros malin ».

— C'est assez vrai, dit-il avant de secouer la tête.

— Quoi ?

— Je… je n'arrive tout simplement pas à croire que ça fait aussi longtemps qu'on ne s'est pas parlé.

Tout mon corps se détend.

— Je sais. Moi aussi.

Pendant un instant, un silence s'installe. Puis, avant que ça devienne étrange, je m'éclaircis la gorge.

— Bon, dis-je. On devrait, hmm, probablement aller chez moi. J'aurais bien besoin de vêtements secs. Je suis désolée de t'avoir arrosé. Je n'ai même pas pensé au fait que tu n'as certainement pas de quoi te changer quelque part dans ta moto.

— Si tu as un sèche-linge, je pense que ça ira.

— C'est vrai, dis-je en essayant de ne pas rougir en pensant à ce qu'il portera pendant que ses vêtements seront en machine. Je suis une parfaite hôtesse. Je peux même les laver pour toi si tu veux.

— Je ne refuse jamais un lavage gratuit, dit-il avec un sérieux feint qui me fait rire à nouveau.

Je me reprends et m'éclaircis la gorge.

— D'accord, allons-y.

Il fait un pas et titube. Il tend une main pour se maintenir contre le capot de ma voiture et je me précipite de son côté.

— Est-ce que ça va ?

Il lève la main.

— Oui. Oui, j'ai seulement glissé sur des restes sur le sol.

Il jette un œil à sa moto, puis vers moi.

— Pourquoi je ne monterais pas avec toi ? Je pourrai la récupérer demain ou plus tard ce soir ?

— Hmm, oui, si tu es sûr.

Je fais un signe de tête en direction de la voiture.

— Allez, monte.

Ce n'est pas très loin de chez moi et je trouve une place pour me garer devant le duplex. C'est certainement mieux qu'il ait laissé sa moto à la station de lavage puisqu'il faut une autorisation pour se garer dans ma rue. De plus, j'ai prévenu le propriétaire de la station et cela ne le dérangera pas. En fait, je lui ai envoyé un message pour le prévenir.

On sort, et je vois Lilah assise sous la véranda à l'avant, nous regardant avec ses yeux d'aigle. C'est un voisinage amical et Lilah et moi aimons boire un verre de vin sous la véranda et discuter avec les voisins. Surtout avec le scénariste d'émissions télé d'une quarantaine d'années qui vit de l'autre côté de la rue et qui a complètement l'imagination de Lilah. Je ne suis pas surprise de la voir là, surtout qu'on avait prévu de faire ça ce soir.

— Regarde-toi, dit-elle quand on sort de la voiture. Tu ramènes des hommes inconnus ?

— Très drôle ! Lilah, je te présente Renly.

Elle se lève, quittant son fauteuil comme par réflexe.

— Renly, le casier vide ?

— Oui. Je me tourne pour faire face à Renly.

— J'ai connu Lilah grâce à toi. Lilah, Renly. Renly, Lilah.

— J'ai hérité de ton casier, lui dit Lilah.

Elle lui tend la main pour serrer la sienne quand on atteint la véranda.

— Tu l'as gardée propre. Il n'y avait pas du tout d'odeur de sueur de garçon.

— Je suis heureux de l'apprendre, mais j'ai le sentiment que ça a plus à voir avec l'équipe de maintenant que moi. J'étais bien un garçon en sueur à l'époque.

Elle me regarde et sourit.

— Je vous dirais bien de vous asseoir avec moi pour boire du vin pendant que je vous interroge sur votre enfance, mais je dois annuler notre soirée. J'ai un rendez-vous.

— Vraiment ?

— Oui. Avec un charmant jeune homme qui aime les poissons-clowns.

Je ris.

— Baby-sitting ?

— Toute la nuit. Ma cousine et son mari fêtent leur anniversaire de mariage à l'hôtel. Vous pouvez faire autant de bruit que vous voulez, ajoute-t-elle avec un regard timide vers Renly.

Elle baisse la voix, comme si elle murmurait un secret.

— La chambre d'Abby partage une cloison avec mon salon.

Renly réagit à peine, mais je vois comme ses yeux s'illuminent avec humour et comme ses lèvres esquissent un sourire. Je secoue la tête d'exaspération.

— Lilah. Tu sais que nous sommes seulement amis. Des amis amis.

— Des amis avec bénéfice. C'est l'avenir. Beaucoup moins problématique que les relations amoureuses.

Je secoue la tête et je jette un regard en coin à Renly.

— Lilah est une amie géniale et je l'aime, mais si tu veux faire une démonstration pour me montrer comment tu peux la tuer à mains nues, je ne te retiendrai pas.

Je reporte mon attention vers Lilah

— Tout cet entraînement chez les SEALs, tu vois.

— Sérieusement, amusez-vous pour rattraper le temps perdu. Je veux entendre toute l'histoire concernant vos retrouvailles demain, ajoute-t-elle avant de prendre son verre de vin et d'ouvrir sa porte d'entrée.

Je déverrouille la mienne et j'invite Renly à entrer. Je suis sur le point de faire de même quand Lilah pointe la tête et murmure : *il est sexy.*

— C'est un ami, dis-je, mais je peux voir à son expression qu'elle ne me croit pas. Contrairement à moi, Lilah est plus qu'heureuse avec ses amitiés améliorées.

Je lui lance un regard sévère avant d'entrer et de trouver Renly appuyé contre le mur de mon hall d'entrée.

— Je suis désolée de ne pas avoir pu la rencontrer au collège.

— Sa famille vivait à Los Angeles avant de déménager à Castaic. Ils ont acheté le ranch qui avait été saisi. Elle est sympa, mais elle peut aussi être une plaie.

— Je suis content que tu aies pu trouver une aussi bonne amie.

Du bonheur fleurit en moi. Renly me connaît assez bien pour le voir.

— Dans tous les cas, je l'aime bien.

— Merci pour ton approbation. J'agite la main pour le faire entrer. C'est petit, seulement deux chambres, dont une qui me sert de bureau. Le salon est spacieux et la cuisine est ouverte, ce qui donne de l'espace.

Le jardin est superbe. Ouvert, avec une pelouse et des fleurs bordant la clôture, ainsi qu'une table à pique-nique. Lilah m'a dit que lorsque ses parents avaient acheté, il y avait une clôture qui divisait les deux côtés, mais elle l'a retirée quand elle a emménagé. Elle avait prévu de la remettre quand elle trouverait un locataire, mais puisque c'est moi, on ne l'a pas fait. Il est fait pour de grandes fêtes.

— J'ai un vieux pyjama de mon père, que j'ai porté

quand j'ai peint ma chambre. Avec un de mes t-shirts, ça devrait aller, non ?

— Ça me paraît bien.

Je sors le bas rayé bleu et blanc puis prends un t-shirt XL que je porte souvent pour dormir.

— Minnie Mouse ?

Je hausse les épaules.

— Tu vas la rendre fière.

— Bien, dit-il quand je lui indique la salle de bain.

Pendant qu'il se change, je prends une grande robe ample et je me change dans mon armoire avant de mettre mes vêtements mouillés dans un panier et j'attends que Renly émerge et me donne les siens. Il le fait et il me suit dans la partie buanderie de la cuisine où je commence une brassée à froid.

Je suis sur le point de lui faire le tour du propriétaire quand je le vois se frotter les tempes et s'appuyer contre le mur.

— Est-ce que ça va ?

— Je vais bien. Juste un mal de tête.

— Oh. Je pense que j'ai de l'ibuprofène. Je devrais probablement t'offrir ça plutôt que le verre que j'avais en tête.

— En fait, un bourbon fera l'affaire. Crois-le ou non, le whisky aide.

— Quand est-ce que ce n'est pas le cas ?

Il sourit.

— On a toujours pensé de la même manière.

Je nous apporte à tous les deux un verre et on s'assoit chacun d'un côté du canapé puis on se tourne pour être plus à l'aise. Il se tapote la cuisse.

Je ris, puis pose mes pieds nus dessus de manière à ce que mon dos s'appuie contre l'accoudoir. C'est confortable et facile, plus que ce à quoi je m'attendais après tellement d'années. Mais on s'était assis des milliers de fois comme ça, en parlant tard la nuit, en regardant la télévision ou seulement en échangeant des potins de l'école.

— Quoi ?

— Ne le prends pas mal, mais je n'avais pas réalisé à quel point tu me manquais avant que je te voie, avoue-t-il.

Du bonheur s'insinue dans mes tripes.

— Oui, avoué-je. Je vois exactement ce que tu veux dire.

CHAPITRE CINQ

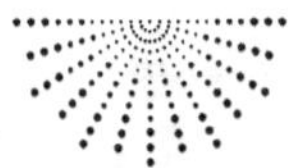

Ses pieds nus étaient sur ses cuisses. Ils avaient chacun un verre de bourbon et il y avait une bouteille pleine sur la table basse.

Renly était conscient de la pression des talons d'Abby. Il leva son verre et prit une gorgée, profitant de la brûlure en déglutissant. Il sentait le feu le traverser et il essayait de mettre tout ça sur le coup de la boisson.

Il ne venait pas que de là.

C'était le fait de la revoir. L'excitation avec laquelle elle avait volé dans ses bras.

Il l'avait taquinée lors de la bataille d'eau à la station de lavage, et son sexe s'était raidi quand le t-shirt mouillé avait collé à ses seins.

Son parfum sur le t-shirt qu'il portait et la pression de ses pieds sur ses cuisses… La chaleur s'immisçait à travers le bas de pyjama en coton, puis glissait dans ses veines, le parcourait et lui rappelait les derniers mois avant qu'il ne quitte Castaic. Des mois durant lesquels il n'avait pas été capable de penser à autre chose qu'à elle, même s'il n'avait jamais trouvé le courage de lui dire. Comment l'aurait-il pu ? Ils étaient amis. *Des amis.* Et il n'y avait pas moyen qu'il gâche tout ça en lui disant qu'il se masturbait tous les soirs avec le fantasme d'elle se glissant dans sa chambre comme ils le faisaient quand ils étaient au primaire.

Il ne lui avait pas dit à l'époque et il ne lui dirait pas maintenant, même s'il désirait la coucher sur le canapé et faire taire son cri de surprise avec un baiser punitif, dur et sauvage et assez profond pour effacer ses fantasmes. Ou les accomplir.

— Renly.

S'il avait la réalité pourquoi en aurait-il eu besoin ?

— *Renly* !

Il se secoua, se retourna vers elle et pria pour ne pas avoir dit quoi que ce soit à voix haute.

— Désolé ? Oui ?

— J'ai dit ça chatouille.

Il réalisa qu'il caressait sa cheville avec son pouce.

— Oh. Désolé.

— Non, ça va. C'était agréable. Du moins jusqu'à ce que ça chatouille. Elle s'éclaircit la gorge et ses joues rosirent. Il avait le sentiment qu'elle lui racontait n'importe quoi. Ça ne la chatouillait pas du tout et elle voulait qu'il arrête de la caresser.

Et c'était réellement dommage.

Il s'éclaircit la gorge et se redressa sur le canapé profitant du mouvement pour retirer sa main.

— Alors, parle-moi de ces appels, dit-il, parce que ça lui semblait le sujet le plus sûr possible.

— Ce n'est sûrement que de la paranoïa. Je te l'ai dit dans la rue. De fortes respirations. Puis ça raccroche. C'est agaçant.

— Des textos ?

Elle secoua la tête.

— Des messages sur le répondeur ?

— Du silence. Les respirations sont présentes quand je réponds. Je ne décroche pas sur mon portable. Seulement au bureau. Le numéro ne s'affiche pas. Et pendant les heures de bureau, Marge prend les appels à la réception.

— Tu as eu de mauvais rendez-vous récemment ?

Elle émit une sorte de reniflement.

— Que de mauvais rendez-vous. Pas beaucoup. Et je ne pense pas que l'un d'entre eux soit ce genre de personne.

— On ne sait jamais. Parle-moi d'eux. Des noms, où tu les as rencontrés, tous les détails. Je vais vérifier.

— Oui, bon.

Elle prit une inspiration.

— Mon Dieu, c'est tellement embarrassant.

— Avoir des rendez-vous ?

Il hocha sagement la tête.

— Oui. Pathétique.

— Tu n'es pas drôle. Non, les détails. C'était, tu sais, une de ces applications. Un de mes amis l'a créée, alors je suis dans les bêta-testeurs, et…

— Le nom de ton ami ?

— Quoi ? Non, ce n'est pas lui.

Il la fixa jusqu'à ce qu'elle cède et il écrit le nom de Cédric et ses coordonnées sur son téléphone pour vérifier le lendemain.

— Et les rendez-vous en tant que tels ? C'étaient seulement des coups d'un soir ?

— Non, non, non, s'exclama-t-elle en secouant la tête. Je vais t'envoyer toutes les informations que j'ai plus tard, promit-elle. Ce n'est pas comme si tu allais faire les recherches ce soir. Ce n'étaient *pas* des coups d'un soir.

— Bien, dit-il un peu alarmé par son ton. Désolé d'avoir mal compris.

— Oh, et puis merde, dit-elle en se redressant sur le canapé et en relevant les genoux, ce qui eut le mauvais côté de retirer ses pieds de ses cuisses.

Il se tourna pour la regarder plus directement.

— Abby, qu'est-ce qui se passe ?

— Je ne fais pas dans les coups d'un soir, commença-t-elle. Je sais que ça me fait paraître comme une sorte de personne bizarre venue tout droit de la préhistoire, mais ce n'est pas mon truc. Je ne suis pas intéressée par les coups d'un soir, les amitiés améliorées ou les choses du genre. Je veux…

Elle secoua la tête.

— Oublie ça. Je suis hors sujet. Elle prit une inspiration.

— Le fait est que l'application, ça permet aux gens de trouver toutes sortes de choses. *Trouve ta Tribu.* Tu peux chercher une histoire d'amour, des coups d'un soir ou seulement des amis.

— Et tu cherchais des amis ?

Elle baissa les yeux, son cou et ses oreilles devinrent rouges.

— Une histoire d'amour. Ça n'a pas fonctionné. Pas la moindre étincelle. Je ne sais pas…

— Quoi ? Il était intéressé. Il voulait être dans sa tête. Il était fasciné par ce qu'elle voulait et ce qui la motivait.

— J'ai tellement eu peu de chance dans le monde réel, je me suis dit que ça pourrait aider de remplir un profil. Mais ça n'a pas été le cas.

— Le monde réel. Qui ?

— C'est… Il y a eu ce gars, Travis qui travaillait avec moi. Et on a commencé à sortir dîner et à coucher ensemble.

À chaque mot, Renly sentait ses tripes se tordre et il comprit qu'il n'aimait vraiment pas ce Travis.

— Il t'a fait du mal ?

— Non, ce n'est pas ça.

— Je ne parlais pas physiquement.

Un sourire vacilla sur ses lèvres et sa voix devint plus douce quand elle le dit.

— Non, mais merci. Non, ce n'est pas qu'il m'a fait du mal. Je suppose qu'on s'est mal compris. On a commencé à sortir ensemble, puis à dormir ensemble. Je pensais qu'on allait quelque part et lui pensait que ce n'était qu'une amitié améliorée. On en était venus au point qu'on ne pouvait pas aller au cinéma sans finir au lit.

— Et c'est mal ?

Elle leva les mains.

— Je voulais une relation… quelque chose de réel, tu vois. Il ne voulait que s'amuser. Je lui ai dit qu'on devait arrêter.

— Il était d'accord avec ça ?

Quelque chose qui ressemblait à de la douleur traversa son visage, mais elle hocha la tête.

— Au bout d'un moment, oui. Ça n'a pas été facile de se remettre sur les rails. Je n'aurais pas dû coucher avec lui.

— Tu penses que…

— Non, absolument pas.

Elle était catégorique, mais Renly n'était pas convaincu. Il hocha la tête, mais se dit qu'il devrait vérifier quand même pour ce Travis.

— Et toi ?

Il n'avait pas à lui demander ce qu'elle voulait dire. De tous les amis qu'ils avaient eus dans sa vie, il avait toujours compris Abby à la perfection. Cette fois, en revanche, il n'était pas certain de vouloir répondre. Il le fit, parce qu'elle méritait de savoir la vérité, tout comme elle la lui avait dite.

— Je suppose que je suis tout le contraire. Je ne suis pas très relations amoureuses. J'aime le sexe. Le concept d'amis avec bénéfice me plaît assez.

— Oh. Pourquoi ?

Ce n'était pas un sujet dans lequel il voulait s'embarquer maintenant, alors il le chassa.

— Tu ne savais pas que j'étais en ville ?

— Aucune idée. Je te l'ai déjà dit. Et pourquoi tu changes de sujet ?

Il expira, puis il décida qu'il valait mieux qu'elle l'apprenne par lui.

— Tu sais, j'ai travaillé à Hollywood. Alors, je suis sortie aussi là-bas. Avec Francesca Muratti et Marissa McQuire. Et quelques autres, mais ce sont elles qui ont mis ma photo partout sur les réseaux sociaux.

Elle secoua la tête.

— Je n'ai jamais vraiment fait attention aux commérages sur les célébrités, mais je connais leurs noms. Elles sont toutes les deux énormes. Tu dis que tu es sorti avec les deux ?

— C'était plus pour le sexe, dit-il. Je ne suis pas vraiment du genre à avoir des relations sérieuses.

C'était qui il était, qui il avait toujours été, du moins depuis le collège. Avant ça, il avait été certain qu'il épouserait Abby et qu'ils déménageraient à Hawaï. Il n'y avait jamais été, mais ça semblait exotique et à onze ans, l'idée du mariage semblait assez curieuse pour qu'Hawaï ait du sens.

Maintenant, il savait à quel point il avait été idiot. Faire en sorte que les choses deviennent sérieuses avec Abby aurait été une erreur. Sinon, ils ne seraient pas ici à cet instant à mener cette conversation. Ils se seraient indiscutablement séparés et ils auraient tout perdu, y compris cette parfaite amitié si facile.

— Pourquoi pas ? demanda-t-elle, et ça lui prit un

moment pour réaliser qu'elle demandait pourquoi il ne voulait pas de relations.

— C'est seulement… Je ne pense pas que ça fonctionne comme les gens pensent.

— Waouh. Ça me rend triste. Pourquoi ?

Il leva les mains et les fit retomber. Puis il changea de sujet et revint à leur enfance. Au début, elle essaya de protester. Mais ils se retrouvèrent rapidement à leur troisième verre de whisky, riant comme des fous en se souvenant de la fois où ils avaient voulu construire une cabane dans un arbre.

— La tête que tu as faite quand tu es passée à travers le plancher.

— Hé, j'aurais pu me tuer !

— Non, dit-elle avec un sourire. Tu es indestructible. C'est pour ça que tu es un si bon militaire. Et un gars de Stark Sécurité. Quoi ?

Elle avait remarqué quelque chose dans son expression.

Il se força à sourire.

— Rien. Je pense que tu marques un point. Je n'étais pas fait pour l'architecture ou la construction. La construction, répéta-t-il en se rendant compte qu'il avait bu assez de whisky pour être agréablement pompette.

— Tu devrais rester ici, dit-elle. Ce serait idiot d'appeler un Uber pour rentrer tout ça pour revenir demain récupérer ta moto. En plus, mon canapé est confortable.

Il tapota le coussin, en espérant qu'elle ne verrait

pas combien sa suggestion avait éveillé toutes les cellules de son corps… pour s'affaisser de déception quand il fut clair qu'il resterait sur le canapé.

— Je ne sais pas… commença-t-il.

— Oh, allez. Il commence à être tard, mais je n'ai pas envie d'arrêter de parler. Et toi ?

— Non, répondit-il honnêtement.

En cet instant, il pourrait lui parler pour toujours. Il voulait plus.

— Tu te souviens de la fois où on a décidé de nous enfuir ?

— Tu rigoles ? Bien sûr. On était en CE1 et on avait des professeurs différents. C'était horrible.

— Et tu avais une amie qui faisait cours à la maison et quand nos parents avaient dit non, on avait décidé de le faire nous-mêmes.

— Ça semblait raisonnable à cette époque, dit-elle, et il ricana à ce souvenir.

— On avait chacun pris une encyclopédie, de l'eau et des chips, dit-il. J'avais X-Y-Z.

— Parce que c'était le tome le plus petit et que tu étais mauvais.

— Pas mauvais. Paresseux. Pas comme toi. J'avais dû te convaincre de ne pas en prendre trois parce qu'ils étaient lourds. Tu avais dit que tu te faufilerais pour en prendre d'autres quand on en aurait fini un chacun, tu disais que quand on reviendrait à la maison, on saurait tout ce qu'il y avait à savoir.

— C'était un bon plan. Il lui manquait seulement un peu de…

— Réalité ?

— Ça résume assez bien, admit-elle.

Ils partagèrent un sourire et il se sentit bien. C'était un sentiment agréable tout en étant terrifiant, parce qu'il ne savait que trop bien comment tout pouvait s'évaporer. Ça avait été le cas avec ses parents. Sa mère était devenue sourde. Son père avait fait ses valises et était parti. Il avait été traîné à Houston alors qu'il voulait fermement rester à la maison. Et en Iraq aussi. Des amis partis en un instant. Sa propre vie avait changé en un clin d'œil.

— Hé ?

Sa douce voix le sortit de ses sombres pensées.

— Est-ce que je t'ai perdu ?

— Ces jours me manquent.

— À moi aussi.

Elle prit une nouvelle gorgée de son verre.

— Je suis un peu ivre, sinon je ne dirais certaine-ment pas ça, même si je pense que tu le sais déjà.

— Oui ? Quoi ?

— Je craquais réellement pour toi au cours de notre première année au collège.

— C'est pas vrai !

Holly hocha fermement la tête.

— Oh si, mais tu étais si populaire ! Je pensais que tu avais oublié que j'existais.

Ses paroles furent des poignards dans son cœur.

— Mon Dieu non. Je… J'avais peur de traîner avec toi.

— Quoi ? Pourquoi ?

Il inspira.

— Parce que je ne pouvais pas m'empêcher de penser à toi. J'avais ce fantasme que tu tapes à ma fenêtre un soir, que je te laisse entrer, et...

Il secoua la tête, arrêtant le flot de ses paroles.

— On n'a jamais été comme ça, on était amis, et je pensais que si tu me voyais avec mes yeux, je te perdrais. Comme j'ai perdu mon père. Il n'a même pas essayé de faire en sorte que ça marche avec ma mère. C'était devenu difficile, il n'a pas pu gérer et il est parti.

— Tu pensais que ça nous arriverait ?

— Je te voulais davantage en tant qu'amie que dans mon lit... À cette époque, je ne savais même pas à quoi ça ressemblait. Pas vraiment. Je l'imaginais en couleur.

— Oui ?

Elle se rapprocha, ses genoux repliés sous sa robe rose pâle.

— Alors, hmm, comment j'étais ?

Il déglutit, essayant de ne pas voir combien ses mamelons étaient tendus sous le fin tissu. Ou comme son pouls s'accélérait dans son cou. Il devait tout arrêter. Il devait reculer parce que cette conversation avait pris un virage dangereux... Et séduisant.

Continue et tu le regretteras.

Et pourtant, il ne put tout à fait quitter ce sentier.

— Tu étais merveilleuse, murmura-t-il. Et tu avais un goût de fraise.

— C'est mon baume à lèvres. Je l'utilise toujours.

Leurs regards se croisèrent, et comme c'était difficile...

— Tu veux goûter ? Pour voir si c'est comme dans tes fantasmes.

Elle se mordit la lèvre inférieure.

— Je n'ai jamais été le fantasme de personne avant.

— J'ai beaucoup de mal à le croire.

Il ne mentionna pas son potentiel harceleur. Il devrait… Ça tuerait le moment et ça en était un qu'il devait réellement tuer. Mais merde, il ne dit pas un mot.

— Whisky et fraise, dit-elle en se penchant en avant, posant ses mains sur ses cuisses.

Elle baissa les yeux et il l'entendit prendre une brève inspiration, puis il vit la chaleur dans son regard quand elle releva les yeux.

— Tu en as envie, dit-elle en glissant sa main plus haut jusqu'à ce que ses doigts effleurent à peine son sexe sous le fin coton de ce fichu bas de pyjama.

— Abby, qu'est-ce que tu fais ?

— Tu me dis honnêtement que tu n'as pas encore deviné ?

Il dut rire.

— J'ai une idée, crois-moi. Oh, merde…

Il déglutit péniblement quand sa main se referma sur son sexe.

— Abby…

Il vit un éclair de douleur ou de frustration quand elle commença à reculer. Il agit sans réfléchir, refermant sa main sur la sienne, gardant ainsi la main d'Abby sur son sexe tout en croisant son regard.

— Qu'est-il arrivé pour que tu ne veuilles pas de sexe occasionnel ?

— Je… Tu ne veux pas savoir ce qu'on a raté ? Tu n'es pas curieux ?

Oh oui, il l'était.

— Je ne le suis pas… Abby, je suis tellement heureux de t'avoir retrouvée, et crois-moi, je ne dis pas non.

Elle eut un léger sourire et elle referma sa main un peu plus durement sur son sexe.

— Non, en effet.

— Je ne cherche pas de relation. Et toi tu ne veux pas de sexe occasionnel. Alors que cherches-tu ?

— Seulement ce soir. Parce que tu m'as manqué et que je te fais confiance.

Confiance. Aucune femme parmi ses conquêtes n'avait utilisé cet argument pour l'encourager. Ces simples mots l'avaient presque fait basculer.

Elle avait raison… Ils le méritaient tous les deux. Pour savoir ce qu'ils auraient eu s'il était resté. S'il n'avait pas fait le connard en sortant avec toutes les autres filles mise à part celle qui avait volé son cœur quand il portait encore des couches-culottes.

— Très bien, dit-il en retirant sa main de son sexe. Mais on va prendre notre temps.

CHAPITRE SIX

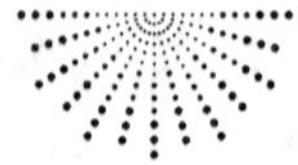

— Notre temps. Oui, je pense que j'aimerais bien.

— Et on va le faire à ma manière.

Il referme sa main sur la mienne et il la retire lentement, mais fermement de son sexe.

— Ça n'est pas juste.

— J'aime avoir le contrôle, dit-il en me faisant reculer de manière à ce que je sois à nouveau adossée contre l'accoudoir du canapé.

Mes pieds sont coincés sous moi et il me demande de les étendre.

— Sur mes jambes de nouveau, ordonne-t-il. Comme ils l'étaient.

— Qu'est-ce...

— Abby. Fais-le.

Je ravale mes protestations, principalement parce que je suis curieuse, et je glisse de nouveau mes pieds sur ses cuisses.

— Veux-tu savoir à quoi je pensais plus tôt ? Mon fantasme sur la manière dont cette soirée pourrait se dérouler ? Ce que je voulais faire, mais que je n'ai pas eu le courage de faire ? C'est ce que tu veux Abby ? Veux-tu savoir à quoi je pensais plus tôt ? C'est vraiment où tu veux que je t'emmène ?

En cet instant, je ne veux rien de plus que connaître ses fantasmes. Pour savoir s'ils sont aussi sauvages et malicieux que les miens. À quel point il me désire. Ce qu'il m'aurait fait. Chaque baiser, chaque caresse m'entraîne un peu plus vers la confirmation que la passion monte en moi, sans parler de ma témérité.

— Oui. Mais tu dois te rappeler une chose en le faisant.

Il se tourne pour croiser mon regard.

— Souviens-toi que c'est moi qui ai eu le courage de tout commencer.

Il esquisse un sourire.

— Et pour ça, je pense que nous te sommes tous les deux très reconnaissants.

Sa main caresse mon pied pendant qu'il parle.

— On discutait comme ça plus tôt. Ça ne fait pas longtemps, mais j'ai du mal à me souvenir de ce qu'on disait. Ce n'était pas la seule conversation dans ma tête. Il y en avait une autre. Ma voix qui me disait de me laisser aller. De te toucher comme j'en avais envie.

— Comment tu voulais le faire ?

Mes mots ne sont qu'un murmure et tout mon corps me démange.

— Doucement, dit-il en laissant le bout de ses doigts parcourir le côté de mon pied. Une exploration.

Il continue en caressant ma cheville, puis mon mollet, avant de prendre l'arrière de mes genoux.

— Un jeu pour voir quand tu m'aurais demandé d'arrêter.

— Je ne l'aurai pas fait, dis-je en inspirant quand il se déplace sur le canapé pour venir plus près de moi, me forçant à plier un genou de manière à ce que mon pied appuie contre son sexe bien dur. Il se penche au niveau de ma taille, une main sur ce pied pour augmenter la pression en croisant mon regard pendant que l'autre main caresse mon autre jambe en remontant.

Il atteint le rebord de ma robe et ses doigts glissent sous le coton souple de ma robe ample, caressant ma cuisse juste au-dessus du genou.

Je gémis et je vois une lueur qui ressemble à une victoire s'allumer dans ses yeux.

— Qu'est-ce que je vais trouver si je continue à monter ? demande-t-il. Une culotte en coton ? En soie ? Ou es-tu complètement nue sous cette robe ? Je sais que tu ne portes pas de soutien-gorge. J'ai été hypnotisé par tes seins toute la soirée.

— Renly…

Ma voix semble rauque et peu familière.

— Je parie qu'il n'y a rien, dit-il, et je ferme les yeux pour ne pas lui avouer qu'il a raison.

Encore moins lui avouer, même à moi-même, que

c'était dans l'espoir d'un moment comme celui-là que j'avais choisi de ne pas en mettre.

— Est-ce que je dois continuer ? Dois-je monter jusqu'à ton sexe ? Pour voir s'il est humide ? Glisser mes doigts en toi et regarder ton visage pendant que tu essaies de ne pas te frotter contre moi ?

Je fais un son guttural qui dévoile mon désir. Et mon désespoir.

— Ou je devrais arrêter ici et t'embrasser sur la bouche ? Pour te goûter et te prendre ? Glisser ma langue entre tes lèvres jusqu'à ce que tu sois faible et molle et que tu me supplies pour en avoir plus ?

J'ai la tête qui tourne. J'ai nourri tellement de fantasmes concernant le contact de Renly, ses baisers… Mais je ne l'ai jamais imaginé me disant ces choses crues, sauvages et si attirantes. Je veux tout, même si une part de moi déteste qu'il me sache pleine de désir et désespérée, mais une plus grande part est aussi excitée par le fait que ce soit lui qui me rende ainsi.

— Dis-moi, insiste-t-il en descendant du canapé et en se mettant à genoux devant moi. Il écarte mes jambes et bien que la robe descende toujours jusqu'à mes genoux, je me sens exposée. Et c'est délicieux.

Ses mains remontent le long de mes cuisses sous la robe. Je gémis, perdue dans les sensations qui ricochent à travers moi. Lentement, ses doigts grimpent de plus en plus haut tout en écartant mes jambes doucement. Ma respiration tremble et je brûle d'anticipation à son contact. Ses pouces y sont, caressant la peau sensible.

— Dis-moi, répète-t-il. Je te touche ou je t'embrasse ?

Je prends une inspiration, tout mon corps tremble.

— Peux-tu faire les deux s'il te plaît ?

— Comme je t'aime.

Ces mots m'envahissent. Il ne réagit pas du tout ; il ne sait pas ce qu'il vient de dire. Mais *il l'a dit*. Comme je l'aime aussi. Bien que je n'aie pas la chance de le dire parce qu'il fait exactement ce que j'ai demandé. Sa bouche est chaude sur la mienne, ses pouces effleurent mon entrejambe. Je les écarte davantage tandis que ses doigts s'enfoncent en moi, le baiser est aussi sauvage que torride, nos langues s'entremêlent comme si le baiser à lui seul pouvait nous faire basculer.

Je gémis de protestation quand il rompt le baiser, puis j'ai le souffle coupé quand il me soulève les fesses pour libérer ma robe.

— Retire-la, demande-t-il bien qu'il ne me laisse pas faire. Il est de retour sur le canapé, ses mains sur le tissu et il la tire vers le haut pour l'enlever, me laissant nue.

— Ferme les yeux et mets tes bras sur l'arrière du canapé. Chérie, écarte les cuisses pour moi.

J'hésite, la pensée d'être exposée m'excite tout comme elle me rend nerveuse. Je suis néanmoins surtout excitée et mes tétons se tendent alors que mon sexe palpite. Je fais ce qu'il me demande, je me sens plus vulnérable encore depuis que mes yeux sont fermés.

Je sens ses mains sur mes cuisses, au-dessus des

genoux. Il les remonte de plus en plus haut et ses pouces sont à la jonction de mon entrejambe. Je tremble et mords ma lèvre inférieure. Je suis si humide, si excitée, et il peut tout voir. Putain, ça m'excite encore plus. Cette vulnérabilité. Cette mise à nu.

Avec une lenteur malicieuse, il dépose des baisers en remontant le long de l'intérieur de ma cuisse. Je me mords la lèvre, me force à rester immobile. Il souffle sur mon clitoris. Je m'arque en arrière, serrant l'arrière du canapé, puis je me détends, je gémis même, quand il arrête.

— Dis-moi, répète-t-il.

— Plus, je murmure. S'il te plaît, j'en veux plus. Renly, je te veux.

— Patience, chérie, murmure-t-il en effleurant mes lèvres d'un baiser, puis il laisse les siennes errer de plus en plus bas jusqu'à ce que sa langue donne un petit coup sur mon clitoris.

Je prends une bouffée d'air, j'explose presque sur le coup. Sa bouche se referme sur mon sexe, m'excitant pendant que je me trémousse, mais ses mains me maintiennent fermement en place, posées sur mes cuisses.

Je sais qu'il brise les règles, mais je m'en moque. Je m'accroche à ses cheveux, le forçant presque à rester en place. Pour qu'il suce mon clitoris et me prenne avec sa langue. J'en veux plus, mon Dieu, je suis gourmande, mais avant je dois évacuer quelques tensions.

Premièrement, je dois exploser.

Comme si cette pensée était un contact, mon corps explose en mille morceaux. Je tire ses cheveux et c'est certainement un miracle que je n'en arrache pas une partie alors que je rue et me tords contre lui, cet homme que j'aime depuis toujours, cet ami que je ne connaissais pas réellement avant. Pas comme ça. Pas en tant qu'homme, me correspondant si parfaitement.

— Oh, mon Dieu, dis-je quand je recouvre la parole. Renly, mon Dieu.

Il lève la tête et glisse le long de mon corps avant de m'embrasser, me donnant un goût de ma propre passion.

— Je suis vraiment heureux que tu aies apprécié.

Un rire hystérique m'échappe presque.

— *Apprécié* n'a jamais été un mot aussi faible.

— Je suis très heureux de l'entendre, mais chérie, tu sais qu'on n'a pas fini.

Il m'embrasse doucement puis glisse ses lèvres sur ma joue pour murmurer :

— Je ne t'ai toujours pas prise et crois-moi, j'ai bien prévu de le faire.

Je déglutis et hoche la tête, puis je prends sa main quand il se lève et la tend vers moi. Il me mène à ma chambre avant de me demander de m'étendre d'un signe de tête. Je m'exécute, et je le regarde avec impatience quand il retire mon t-shirt et le bas de pyjama, libérant son sexe. Il a déjà attrapé un préservatif dans le portefeuille qu'il a laissé sur la table basse et je lève les mains pour exciter mes seins pendant qu'il se protège.

— Comme c'est sexy.

— Tu aimes ?

— Oui.

Il se met sur le lit, s'assoit près de moi et caresse ma peau nue du bout des doigts.

— Touche-toi plus. Montre-moi ce que tu faisais quand nous étions enfants. Quand tu étais au lit tard le soir, fantasmant que je passerais par ta fenêtre.

— Renly...

Mes joues sont rouges.

— Allez, je vais t'aider, dit-il. Il pose sa main sur la mienne, puis ensemble on caresse mes mamelons avant qu'il guide mes doigts le long de mon ventre, autour de mon nombril jusqu'à ce qu'on atteigne mon sexe. Je suis épilée et il glisse le bout de mes doigts sur la peau lisse avant d'atterrir sur mon clitoris humide et sensible.

— À l'intérieur, me demande-t-il en jouant avec mon clitoris lui-même pendant qu'il attend que je m'exécute. Dis-moi la vérité. Tu te masturbais, non ? En prétendant que c'était moi.

— Oui.

— Montre-moi.

Je n'hésite pas. Toutes les hésitations et l'embarras ont été repoussés par ma gourmandise bestiale et sensuelle. Je fais ce qu'il me demande, insérant trois doigts en moi pendant que mes hanches remuent selon mes propres besoins. Mes yeux sont fermés, mais je sens comme sa main se tend sur moi. La manière dont sa respiration devient plus saccadée.

Puis, enfin, il gronde :

— Assez.

J'ouvre les yeux, surprise, seulement pour recevoir un baiser ferme et affamé alors qu'il vient sur moi.

— Je ne veux pas prendre mon temps.

— Non, dis-je, voulant seulement qu'il me prenne et qu'il y aille franchement. Pas lentement.

Je vois les flammes du désir dans ses yeux avant qu'il mette une main entre nous deux pour s'ajuster. Puis, en un long coup de reins, il s'enfonce en moi.

Je ferme les yeux, m'arque vers l'arrière pendant qu'il me prend, profondément et fort, excitant mes points sensibles avec sa circonférence me remplissant et avec ses doigts sur mon clitoris. De plus en plus profondément. Il me demande d'ouvrir les yeux. Je le fais et le regarde alors que nos corps bougent à l'unisson jusqu'à ce qu'enfin, enfin, je jouisse.

Il s'arque vers le haut, crie et s'effondre à côté de moi. Pendant un moment, il reste inerte. Il finit par m'embrasser tout en caressant la pointe de mes seins de ses doigts, comme s'il me possédait. Ce qui est le cas, bien sûr.

— Ça, dit-il. C'était *mon* fantasme.

Je soupire de bonheur.

— Oui. Moi aussi.

CHAPITRE SEPT

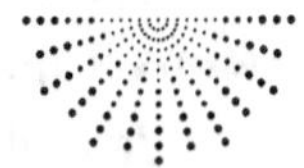

R enly se trouvait dans la salle de bain d'Abby, les mains appuyées contre le comptoir en Formica, les yeux rivés dans les siens à travers le miroir. *Comme la nuit dernière avait été incroyable. Faire l'amour, mais aussi la tenir dans ses bras et parler tout en s'enfonçant dans le sommeil.*

Oui, absolument merveilleux.

Et une erreur. Une merveilleuse et terrible erreur.

Il prit une grande inspiration, le poids des regrets noyant les cris de joie qui le parcouraient. C'était sa faute. Il aurait dû dire non.

Elle lui avait dit clairement qu'elle n'était pas du genre à avoir des relations sexuelles occasionnelles. Ils en avaient parlé. Elle s'était ouverte à lui comme ils ne l'avaient pas fait depuis qu'ils étaient enfants, quand aucun sujet n'était trop délicat.

Même si elle avait dit oui.

Même si elle avait fait le premier pas et lui avait juré que tout allait bien.

Au fond d'elle, ce n'était pas ce qu'elle voulait, et il le savait. C'était le sujet de leur conversation de la veille. La raison pour laquelle elle avait arrêté de sortir avec Travis. Ce pour quoi elle s'était inscrite sur cette application. Pour essayer de trouver quelque chose de permanent. Quelque chose de réel.

C'était vieux jeu, adorable et un peu original, et il imaginait qu'il y avait beaucoup de gens en ce monde qui pensaient qu'elle était un peu idiote de faire preuve d'autant d'intégrité. Il n'en faisait pas partie.

Et pourtant, il l'avait serrée dans ses bras. Il s'était enfoncé en elle dans un élan de passion.

— Tu es un idiot. Tu le sais, non ?

Son reflet le fixa en retour, ne voulant pas dévoiler ses secrets ou partager le blâme.

Il ouvrit le robinet pour s'asperger le visage d'eau froide. Il prit une serviette, s'essuya et ouvrit la porte de la salle de bain. Elle était assise sur le rebord du lit dans son t-shirt Minnie Mouse et le regardait. Il sentit le poids des accusations dans son regard, mais quand il l'examina de plus près, il n'en vit pas. C'était son imagination.

— Ça va, tu sais.

Il sourit, secouant la tête avec un air d'exaspération feinte.

— Tu lis dans mes pensées.

Son sourire se remplit de joie et le son de son rire effaça sa culpabilité.

— Je suis douée pour ça, tu te souviens ? On a toujours su ce que l'autre pensait.

Il hocha la tête et retourna s'asseoir à côté d'elle sur le lit. Elle se recula de manière à avoir le dos contre la tête de lit et il se déplaça pour lui faire face.

— Tout va bien entre nous deux ?

Encore une fois, il eut envie de rire.

— Vu les circonstances, je pense que c'est à moi de te poser la question.

— Tout va bien, répondit-elle en venant chercher sa main. Vraiment, tout va très bien.

— Écoute, commença-t-il en s'éclaircissant la gorge. Je, hmm, je veux être clair. La vérité est que j'aimerais réellement répéter la performance de la nuit dernière, mais je sais que ce n'est pas ce que tu veux.

Il s'interrompit pour regarder son visage, mais son expression était impénétrable. Le seul indice de ce qu'il se passait dans sa tête fut la manière dont ses yeux s'agrandirent légèrement. Il ne sut pas comment l'interpréter, alors il poursuivit.

— Je ne demanderai pas. Je ne te pousserai pas. Je ne veux pas…

— Quoi ?

— Je ne veux pas que tu rejettes ce que nous venons de retrouver parce que le sexe s'est mis entre nous. Je sais que ce n'était que pour une fois. Je le sais et ça me va. Je suppose que je devrais regretter d'avoir couché avec toi, mais ce n'est pas le cas. On s'est retrouvés et nous avons tous les deux passé un bon moment, mais c'était seulement pour cette fois. Pas d'amitié améliorée, hein ? Je veux vraiment garder le côté amical et je veux seulement m'assurer qu'on est sur la même longueur d'onde.

Son visage s'illumina d'un sourire.

— Tu es vraiment le dernier des gentlemen, lança-t-elle en prenant sa main. Je sais bien choisir mes amis.

Il examina son visage.

— Tu ne te sens pas bizarre avec tout ça ?

— Non. La nuit dernière était… j'ai eu l'impression que c'était de superbes retrouvailles, comme si l'on s'occupait de vieux dossiers. Et tout ça, c'était bien. C'était un nouveau départ.

— Et tu ne veux pas continuer… ?

— Je…

Elle secoua la tête avant de s'éclaircir la gorge.

— Je te l'ai dit. Je ne suis pas intéressée par les amitiés améliorées. Les coups d'un soir, ce n'est pas mon truc.

Elle se pencha en avant et prit ses mains.

— Mais si j'étais cette fille, je serais avec toi sans hésiter, tant que ça ne détruirait pas notre amitié. Parce que je ne saurais te dire à quel point je suis heureuse de te retrouver.

— Amis pour toujours, dit-il avant de tendre son coude pour la poignée de main étrange qu'ils avaient inventée quand ils étaient en CM2. Elle éclata de rire et elle cogna son coude contre le sien.

— Pour toujours, confirma-t-elle.

Il hocha la tête et bien qu'il soit heureux de l'issue, il

ne put faire taire une petite voix dans sa tête qui lui disait qu'il fermait la porte sur quelque chose d'extraordinairement spécial.

CHAPITRE HUIT

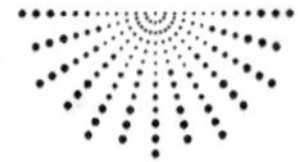

— **A**lors comment ça s'est passé ?
Renly était parti depuis une heure envi-
ron, il était parti me donnant des ordres stricts, comme
refermer ma porte à clé et ne pas ouvrir aux étrangers.
J'allais et venais dans mon appartement depuis, brûlant
de l'énergie en nettoyant. Il était parti récupérer sa
moto et faire quelques courses, mais il reviendrait dans
quelques heures pour m'escorter au travail et vérifier
mon bureau avant mon rendez-vous avec Darrin. Je ne
suis pas inquiète, mais je me sentirais assez stupide si
un harceleur se trouvait sous mon bureau.

Marge sera là aussi, ce qui est un plus. Elle fait toute
la facturation et travaille souvent les samedis. Ça sera
agréable d'avoir une autre personne dans le bureau,
déjà parce que ce sera plus professionnel que d'être
seule avec Darrin, tous deux derrière un ordinateur.

Pour le moment, les questions de Lilah me forcent à

faire une pause et à gérer tout ce qu'il se passe dans ma tête.

— Tout s'est bien passé, dis-je, ce qui était la stricte vérité. On a rattrapé le temps perdu. C'était génial de passer du temps avec lui. On a vraiment, vraiment accroché.

En disant la dernière partie, je sens mes joues commencer à brûler et je baisse rapidement les yeux.

Lilah, bien sûr, n'a rien raté.

— Oh mon Dieu. Tu as couché avec lui.

— Non, je…

— N'essaie même pas, me coupe-t-elle. Dis-moi tout.

Je soupire, avouant la vérité en silence.

— Je ne sais pas comment c'est arrivé, j'admets. On parlait en buvant du whisky tout en étant très détendu et ensuite… Je laisse ma phrase en suspens et Lilah crie et tape des mains.

— Je suis tellement heureuse pour toi. C'est la meilleure chose au monde. Tu sors avec ton meilleur ami.

Je secoue la tête.

— Non. Ce n'était que pour une nuit.

Elle penche la tête sur le côté.

— Toi ? Un coup d'un soir ? Ça ne ressemble pas à mon amie que je connais depuis la 5e.

Je hausse les épaules.

— J'avais envie de lui. On en parlait. On a été très matures et ouverts. Je lui ai dit que les amitiés améliorées n'étaient pas mon truc et lui qu'il n'était pas intéressé par une relation sérieuse et…

— Et vous avez fini au lit tous les deux ?

Encore une fois, je hausse les épaules.

— Il était mon amour de jeunesse. Que puis-je dire ? J'ai enfreint ma règle. Mais seulement pour une fois. On en a parlé ensuite. C'était une conversation très adulte, je répète. Nous sommes toujours amis. Nous sommes *seulement* amis. C'est ce que nous allons rester.

— Tu es d'accord avec ça ?

Je me force à ne pas hausser les épaules cette fois. Je lève le menton, me redresse et dis un oui bien ferme.

— Je respecte qu'il ne veuille pas de relation. Il n'est pas intéressé par le fait de se caser.

— Je ne suis pas surprise. Il est sorti avec une actrice très en vogue en ville.

— Il me l'a dit. Au cours de la même conversation. Comme je te le disais, on ne le refera pas. Nous sommes seulement amis. Il peut coucher avec qui il veut, célébrité ou pas.

En même temps, je suis heureuse qu'il ne travaille plus à Hollywood. Il semblait si triste quand il m'a dit qu'il ne voulait pas de relation parce qu'elles ne fonctionnent pas… Il avait ce ton : *j'ai l'esprit pratique*, mais il y avait quelque chose derrière.

Je reprends :

— Il me dit qu'il n'est pas du genre à avoir des relations, mais je pense que ça a à voir avec ses parents.

— Oui ?

Elle va vers le réfrigérateur et prend une eau

pétillante parfumée à la pastèque. Elle la lance dans les airs.

— Tu en veux une ?

— Non, mais merci de le proposer.

— Hé. On partage la maison. Ce qui est à moi est à toi et ce qui est à toi est à moi.

— C'est pour ça que je t'aime. On devrait mettre une porte entre nos appartements.

— De ta chambre à mon salon. Pense à tout le spectacle que je pourrais avoir.

Elle ouvre la bouteille et revient s'asseoir près de moi.

— Alors, il y a quoi dans sa famille ?

— Je pense que les problèmes entre ses parents ont commencé quand sa mère a perdu l'audition, mais je soupçonne qu'ils avaient déjà des problèmes avant. Elle avait une maladie auto-immune. Tout est arrivé très vite. Elle est très rare et il n'y a pas grand-chose à faire sauf si on l'avait découverte à temps. Même là il n'y a pas vraiment d'options.

— Je suppose qu'ils ne l'ont pas découverte à temps ?

— Non, pas du tout.

— C'était en 6e ?

— Non, en CM2. Pas longtemps après, ses parents ont divorcé. Un jour, M. Cooper lui a dit qu'il ne pouvait pas supporter qu'elle n'entende plus et il ne savait pas comment gérer le deuil et tout ce qu'elle pouvait ressentir, alors il a déménagé dans le nord-est. Je pense qu'il est allé à Boston. Je sais qu'il a fini à New York, mais je ne connais pas les détails.

— Oh mon Dieu. Quel connard.

J'acquiesce.

— Oui. Personne n'a été très impressionné par lui. C'est ce qui perturbe Renly. Red, aussi.

Il s'est refermé sur lui-même. En colère et seul. Red a en quelque sorte agi contre son père. Ils étaient tous les deux en colère qu'il soit un tel salaud avec leur mère. Ça n'a pas été facile. Je me rappelle que leur mère a essayé de gérer ça, aller chez les médecins pour essayer de retrouver l'ouïe, mais ça n'a pas fonctionné, alors elle a eu des professeurs qui sont venus pour l'aider à gérer et lui enseigner à elle et aux garçons à lire sur les lèvres et le langage des signes.

Je me lève pour aller prendre un soda. Je reviens, le décapsule et prends une grande gorgée.

— En tout cas, je suppose qu'ils ont de la famille au Texas, parce que cet été-là, après la 6e, elle a fini par prendre les garçons et déménager à Houston.

Je croise le regard de Lilah.

— C'est tout ce qu'il y a. Je ne sais pas ce qui leur est arrivé une fois qu'ils ont été là-bas, mais je sais que le divorce s'est très mal passé. Ça a dû être horrible pour eux.

Mes parents sont comme larrons en foire et l'ont toujours été. Ils s'étaient connus au lycée et ils sont encore aussi sentimentaux qu'ils devaient l'être à l'époque. J'aurais pu dire que c'est dégoûtant si ce n'était pas aussi adorable.

— Je pense que ça l'a embrouillé, et qu'il ne croit plus aux relations. Ses parents avaient toujours paru si proches… Puis une chose horrible leur est tombée dessus, et son père a perdu tous ses moyens. Tout leur monde s'est écroulé.

— Alors il baise à tout va parce que ses parents ont divorcé ?

Je ramène mes pieds sur le canapé et soupire.

— Je ne sais pas. Je ne suis pas psy. Tout ce que je sais, c'est qu'il n'est pas intéressé par les relations et je le crois. Ce n'est pas quelque chose qu'il a en tête. Je suis heureuse qu'il soit à nouveau dans ma vie.

— Mais tu as couché avec lui.

— Je sais. C'était idiot. Mais c'était génial aussi.

Lilah s'installe confortablement et rit.

— Je suis vraiment heureuse d'entendre ça.

— Ça n'arrivera plus. C'est mon meilleur ami. Tu dois comprendre ça. Je veux dire, on est super proches, mais nous l'étions encore plus au collège. Nous prenions nos bains ensemble quand nous étions tous petits.

— Franchement, je ne saurais pas comment te dire comme je suis heureuse qu'on ne prenne pas nos bains ensemble. Tu es heureuse qu'il soit de retour dans ta vie, tu ne veux rien pour gâcher ça, et tu as un peu peur que le fait d'avoir couché avec lui la nuit dernière le fasse.

— Oui. Exactement.

— En avez-vous parlé ?

— Oui. Nous sommes tous les deux d'accord que

c'était bon, que c'est du passé et que nous sommes seulement amis.

— Donc tu n'as pas de problèmes.

— Non, dis-je. Aucun.

Aucun problème sauf le fait que j'ai envie de le refaire et que je me déteste pour ça parce que ce serait briser mes propres règles. Et puis, ce serait mettre en péril une amitié, tout ça parce que le garçon que j'avais désiré dans le passé est de retour dans ma vie.

———

Renly et moi arrivons au bureau à treize heures et trouvons Darrin déjà dans la salle d'attente pour notre rendez-vous de quatorze heures. Marge est là aussi et semble un peu stressée. Je ne la blâme pas, elle va devoir veiller sur Darrin pendant une heure.

Je lui lance un regard d'excuse et je me force à sourire même si je souhaite me faufiler dans mon bureau et passer quelques instants seule. Pourquoi les gens ne viennent-ils pas à l'heure dite ? Ils ne comprennent pas que j'ai des choses à faire avant d'être prête pour eux ?

— Passe une bonne journée, fait Renly et je peux entendre la sympathie dans le ton de sa voix, même si je suis certaine que Darrin ne le remarque pas. Appelle-moi si Marge doit partir. Sinon, je reviens à dix-sept heures.

— Ça me paraît bien. À tout à l'heure.

Renly part et je sens une pointe de regret quand la

porte se referme derrière lui. Je me force à afficher un sourire professionnel adressé à Darrin.

— Je suis 0heureuse que vous soyez là. Donnez-moi un petit moment pour me préparer et je vous fais entrer pour qu'on puisse revoir la démo.

Il a l'air un peu frustré. Dommage pour lui, je le suis un peu aussi. Je me précipite dans mon bureau et allume mon ordinateur. J'attends que l'écran de connexion s'affiche, mais Eric se glisse dans mon bureau et me fait sursauter.

— Je ne savais pas que tu venais aujourd'hui.

— Je rattrape mon retard. Il penche la tête en direction de la réception, ses épais cheveux blond brillant sous la lumière.

— J'ai vu que tu avais de la compagnie.

Je lève les yeux au ciel.

— Il n'est pas censé être là avant une heure. J'ai des choses à modifier avant de pouvoir lui montrer la démo.

Éric hausse les épaules.

— Il est nouveau chez Greystone-Branch. Il veut prouver sa valeur.

— Tu veux que j'aille lui tenir compagnie ?

— Merci, mais la pauvre Marge le fait déjà. Qu'est-ce que tu fais ici le week-end ?

— J'essaie de rattraper mon retard sur tous les projets. Je sais que Nikki m'a rendu un service en me reprenant et je ne veux pas la décevoir.

Eric avait été embauché à peu près en même temps que moi, quand Nikki a décidé qu'elle avait besoin de bâtir une équipe pour l'aider dans son entreprise. On s'était très bien entendus, mais ensuite on a proposé un bon travail à Eric à New York. Nikki et moi avons toutes les deux été surprises quand il est parti, parce qu'il avait de bons résultats dans son entreprise et il avait vraiment de quoi gravir les échelons. Ils lui ont proposé beaucoup d'argent et offert toutes sortes d'avantages : il a eu des étoiles dans les yeux. Malgré tout, d'après lui, ça ne collait pas à sa personnalité. Il était un rouage dans la machine et il détestait ça. Il est revenu et Nikki lui a rendu son ancien travail. Je suis maintenant techniquement sa patronne, et je devais bien lui rendre ça, ça ne semblait pas le déranger. C'est une chose que j'ai toujours aimée chez lui.

Il fait un pas en avant et jette un œil à mon ordinateur.

— Tu ne m'as toujours pas montré la plateforme.

— Tu peux assister à la réunion si tu veux. J'aimerais avoir ton point de vue et connaître les modifications que tu voudrais apporter.

— Je peux, si tu veux que je le fasse.

Il effleure mon épaule. Je me tends immédiatement, et je relâche la tension tout aussi vite. J'espère qu'il ne l'a pas remarqué. En fait, il retirait une feuille du ficus du couloir de mon épaule. Je reporte mon attention sur mon ordinateur pour cacher mon embarras.

Il se racle la gorge.

— Très bien, je vais aller finir. Appelle-moi si tu veux que je me joigne à la réunion.

— Je le ferai, merci.

Je parcours la plateforme et mes différentes notes. Je m'assure que tout est en ordre, puis j'appelle Marge pour qu'elle l'emmène dans la salle de conférence. Je prends mon ordinateur portable et je vais à leur rencontre.

— Je suis désolé d'être arrivé aussi tôt. Je n'étais pas sûre de la circulation.

— Aucun problème.

Ma voix est joviale et enjouée depuis que j'ai le sentiment de contrôler la situation. Je connecte mon ordinateur portable au système et je le projette sur l'écran.

Darrin est à la fois intelligent et investi. Il avait des manières studieuses et après chaque commentaire, il me demandait ce que je pensais ou faisait l'éloge de mon travail. Deux fois, il m'a dit combien j'avais du talent et je ne peux pas nier que ça m'a rendue heureuse. Quand on termine, notre client est satisfait.

— Bijan va être enchanté, s'extasie Darrin. Je vais lui dire que les choses avancent bien.

— On devrait être capables de le lancer dans les dix prochains jours, annoncé-je.

— C'est génial. Pourquoi ne pas planifier mon retour dans quelques jours pour les modifications finales et les révisions ?

— Parfait. On pourrait inclure Bijan et le reste de l'équipe par vidéoconférence.

Il me dit que ça lui paraît une bonne idée avant de se lever et de me tendre la main pour que je la lui serre. Je le fais, un peu troublée par la moiteur de sa peau. Je n'ai jamais été friande des poignées des mains et je résiste à l'envie de m'essuyer la paume sur mon pantalon quand on rompt le contact. Je l'accompagne à la sortie et retourne à mon bureau où je passe quelques heures de plus à implémenter les changements dont on a discuté. Je suis sur le point de partir à nouveau quand mon téléphone sonne. Ce doit être Renly puisque Marge a laissé passer l'appel et je réponds.

Je le regrette immédiatement. C'est la personne qui respire fort. J'écoute presque fort à l'autre bout du fil.

— Grand malade, hurlé-je avant d'appeler Marge pour lui demander pourquoi elle a laissé passer l'appel.

— Tu n'as reçu aucun appel. Il doit avoir ta ligne directe.

Je le sais déjà : je reçois ces appels depuis des jours. Mais l'espoir fait vivre. Je me note dans un coin de ma tête de demander à Nikki de faire changer le numéro de ma ligne directe.

Ça ne causera pas beaucoup d'inconvénients. Ça dérangerait quelques clients, mais si ça peut arrêter cette personne qui me fait peur, je vais vivre avec.

Le téléphone sonne à nouveau. Je songe à l'ignorer, mais je le prends et je crie :

— Vous voulez bien arrêter ?

— …

— Pardon ?

— Darrin. Je suis vraiment désolée. J'ai des appels effrayants au travail. Je ne voulais pas vous crier dessus.

— Oh. Waouh. Est-ce que ça va ?

— Oui, c'est seulement un connard qui appelle et respire. Un stupide…

Je m'arrête avant de jurer devant un client.

— Vous avez besoin de quelque chose ?

— Je voulais savoir si vous aimeriez prendre un déjeuner tardif. Je suis allé sur la promenade et j'ai fait un peu de shopping et je devais rentrer, mais j'ai pensé que si vous aviez faim on pourrait parler davantage du déploiement.

— Oh. Normalement, j'aurais dit oui, mais j'ai des projets.

— Bien sûr. C'est une idée qui m'est passée comme ça. Aucun problème.

— Une prochaine fois peut-être ?

— Il n'y a pas de soucis.

Je prends mes affaires et je vais à la réception pour attendre Renly. Il me suit à moto pour s'assurer que je rentre en sécurité, mais en dépit de mon invitation, il ne reste pas.

— Je suis convoqué par le patron. Je dois aller voir Ryan.

— Oh. Bien sûr.

— Porte verrouillée, hein ? Personne sauf Lilah, pas même pour une livraison de nourriture.

Bientôt, nous allons devoir trouver qui fait ça ou changer les règles parce que je n'ai pas l'intention de marcher sur des œufs toute ma vie, surtout s'il s'agit uniquement de respirations au téléphone.

Pas tout de suite. J'ai toujours peur, et je suis heureuse que Renly veille sur moi.

Heureusement, Lilah est à la maison et je l'invite parce que j'étouffe un peu. Je lui parle de l'appel et de la proposition de Darrin pour le déjeuner.

— Je me sens mal de lui avoir dit non. Ça fait partie du travail d'inviter les clients.

— Oui, mais je pense que tu as fait ce qu'il fallait. Il pensait certainement au travail, mais on ne sait jamais. La dernière chose que tu veux est de sortir avec un client. Ou donner l'impression à un client que tu pourrais être intéressée.

— Sauf si tu l'es. Est-ce que Nikki a une règle pour ça ?

— Quand j'y pense, je n'ai pas été attirée par beaucoup d'hommes récemment. Travis, mais c'était de la proximité plutôt que de l'attirance. Il était mignon et amusant, mais je n'ai jamais eu le cœur qui battait la chamade près de lui.

En fait, le seul gars qui m'a vraiment remuée, c'est Renly.

Un homme qui ne veut pas de moi. Du moins, pas comme je le veux lui.

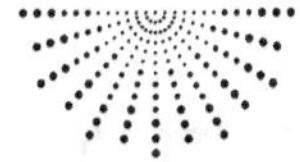

— Désolé de te demander de venir le week-end, s'excusa Ryan derrière son bureau à Stark Sécurité.

Renly s'adossa dans le fauteuil pour les invités.

— Tu rigoles ? Un voyage à Dubaï pour une opération sous couverture ? C'est pour ce genre de mission que je me suis engagé, tu te souviens ?

— Liam est déjà là-bas, il va te donner les spécifications de la mission quand tu arriveras. Ton avion part à la première heure mercredi matin et j'ai un peu de lecture pour toi entretemps.

Il donna un épais dossier à Renly.

— Au moins deux insertions vont requérir une descente en rappel le long d'un gratte-ciel, mais d'après ce que j'ai lu dans ton dossier militaire, ça devrait être dans tes cordes.

— Oui, monsieur… Il voulait sortir de là au plus vite pour reprendre son souffle et décider quoi faire.

— J'apprécie la confiance que tu as en moi. Je sais que je suis le nouveau.

Il tendit la main pour serrer celle de Ryan, mais avant que ce dernier puisse la prendre, le sol tangua et Renly baissa sa main pour garder son équilibre, ravalant une série de jurons.

— Est-ce que ça va ?

— Désolé. Je me suis entraîné ce matin, je n'ai pas pris de petit-déjeuner et je me suis levé trop vite. Je vais bien.

Ryan ne sembla pas remarquer le mensonge et il se remit rapidement au travail. Renly était dans l'open space à son propre bureau. Il ouvrit un tiroir, en sortit un flacon de médicaments prescrits et pris un cachet. Il ferma les yeux, jura dans sa barbe et avala la pilule sans prendre d'eau.

Il resta à son bureau quelques instants de plus, passant en revue les documents que Ryan lui avait donnés. La mission l'attirait à tous les niveaux. C'était exactement ce genre de missions qui l'avait excité à propos de Stark Sécurité. Les opérations internationales. Excitation. L'aventure.

Quelque chose de réel, pas les conneries de plateaux hollywoodiens, les histoires inventées qui étaient intéressantes, mais qui ne le fascinaient pas, tout comme les femmes fausses qui semblaient ne rien vouloir d'autre qu'être à son bras ou dans son lit.

Il était sans doute plus intéressant que ce dont les célébrités avaient l'habitude. La seule femme qui avait ravivé son intérêt était Abby. Ce qui était amusant puisque c'était la seule femme qu'il ne pouvait pas avoir.

Il s'éloigna de son bureau et se leva doucement pour s'assurer que le monde ne tanguerait pas encore. Il jeta un regard en direction du bureau de Ryan sachant qu'il devait avoir une conversation avec son patron. Il attendit, cherchant du courage.

S'il était intelligent, il vendrait sa moto avant de se tuer.

Mais il ne l'était pas. Il n'était pas honnête. Ni envers lui-même ni envers n'importe qui d'autre.

Il voulait parler à Abby, mais la pensée qu'elle puisse constater sa faiblesse lui vrillait les tripes. Il tapa une adresse différente sur l'application.

— Où peut-on aller pour avoir un verre par ici ? demanda Renly en entrant dans la salle de dégustation de la distillerie.

Derrière le comptoir, Red leva les yeux et fit un grand sourire. Ses cheveux avaient une couleur plus vive que celle de Renly et il avait récemment commencé à se laisser pousser la barbe, mais sinon, ils se ressemblaient assez pour que les gens les confondent quand ils étaient enfants.

Ça n'avait jamais été le cas d'Abby. Elle savait toujours qui était qui et s'était liée avec Renly, quelque chose qu'il n'avait jamais tenu pour acquis.

— On avait prévu de déjeuner ensemble aujourd'-

hui ? demanda Red quand Renly s'installa sur un tabouret.

— On ne peut pas seulement passer pour voir son frère ?

— Si. Mais je ne sais pas qui tu es.

Il versa un verre de Slow Burn Rye de la marque Cooper, le label le plus populaire de la distillerie et le donna à Renly.

— Très drôle. Comment ça va ici ?

— Les affaires sont bonnes, s'enthousiasma Red. On a une douzaine de nouveaux contrats commerciaux pour des restaurants locaux et nous commençons une nouvelle campagne publicitaire. Originale et amusante. Je pense que ça va faire progresser la marque.

— Je suis heureux de l'entendre.

— Papa est très fier. Tu sais comment il est avec ses bars et ses liqueurs.

— Oui. Je suis sûr qu'il l'est.

— Écoute, tu sais que…

— Oublie ça. C'est ton truc avec papa. Je ne m'en occupe pas.

— Enfin ! Mon frère écoute enfin la voix de la raison.

— Je te laisse tranquille parce que tu es un connard. N'oublie pas qu'on est jumeaux.

— Pas identiques. Dieu merci pour ce petit service.

— C'est bon de te revoir, mon frère.

— Pareil.

— Où est Mel ? demanda-t-il en parlant de Mel Swift, le partenaire de Red pour la distillerie.

— Tes suppositions sont aussi bonnes que les miennes. Il traverse pas mal de soucis ces derniers temps. Je lui laisse de l'espace, mais bientôt lui et moi on va devoir avoir une conversation à ce propos, pour qu'il se remette à fond.

— Merde. Je suis désolé.

Red chassa ces paroles d'un revers de la main.

— Ça fonctionnera. Tu connais Mel. Il s'est laissé distraire par quelque chose, mais il reviendra bientôt, concentré de nouveau. Comme d'habitude.

— Ce mec ne changera jamais, dit Renly en se souvenant des pitreries de leurs amis d'Hudson quand ils étaient au collège. N'imagine pas qu'il le fera.

— C'est vrai, avoua Ren en souriant. C'est bien que tu sois de retour, mon frère, mais tu sais, je pense qu'on parlait plus quand tu travaillais en uniforme à l'étranger. Que me vaut ce plaisir ?

— Je dois partir à l'étranger, dit Renly. Cette fois, je ne porterai pas l'uniforme.

— Vraiment ?

— Oui. Je pars mercredi. Pour Dubaï.

— Tu aimes travailler pour Stark ? Je dois dire que le mec m'a impressionné, à New York.

— C'étaient des circonstances inhabituelles, mentionna Renly.

Son frère lui avait raconté le braquage de folie et la prise d'otages faits dans le bar de leur père.

— J'aime bien travailler pour lui, dit Renly. Mais il n'est pas là tout le temps. Il doit parcourir le monde, je crois. Ryan Hunter est mon patron. Il connaît bien son boulot.

— Vraiment ?

Red se pencha en avant, un torchon dans une main, polissant le bar, sans croiser le regard de Renly. Ce dernier inspira. *On y est...*

Il ne dit rien. Ce n'était pas nécessaire. Il savait exactement ce que son frère était sur le point de dire.

Red attendit bien dix secondes avant de parler, assez longtemps pour que Renly pense qu'il avait tort.

Bien sûr, ce n'était pas le cas.

— Ça ne les ennuie pas que tu y ailles ? demanda Red d'un ton nonchalant. Dans ton état, je veux dire.

Renly haussa les épaules, puis prit une gorgée de son whisky, avec la même nonchalance.

Red arrêta de polir le bar en chêne. Il se pencha en avant, les yeux plissés pour examiner Renly.

— Mon Dieu. Tu ne leur as pas dit !

Il ferma les yeux.

— Parfois, c'est la merde d'être jumeaux.

— Ah oui ? Pense à ce que ce serait si on était identique.

— Oui, ça serait mauvais.

Red ne cilla pas.

— Tu ne vas vraiment rien leur dire ?

— Je vais le faire. Mais avant je vais commencer par faire ce boulot. Avant de me mettre des bâtons dans les roues, je veux qu'ils sachent que je suis qualifié. Je n'ai pas envie qu'ils me voient comme un invalide. Ils savent que je peux faire le boulot, ils passeront au-dessus de ce détail.

Red commença à parler, mais Renly leva une main.

— Je ne veux rien entendre.

Red leva les deux mains comme s'il voulait repousser Red.

— Bon, d'accord. C'est ta vie. Tu peux la foutre en l'air si tu veux.

— C'est vrai. Je ne la fous pas en l'air.

Pendant un moment, ils gardèrent le silence tous les deux. Puis, sorti de nulle part, Renly informa :

— Savais-tu qu'Abby est en ville ?

Il n'était pas certain de la raison pour laquelle il abordait le sujet. Elle n'avait rien à voir avec son voyage. Toutefois, elle était la raison qui le faisait hésiter. Il venait de reprendre contact, et il était sur le point de repartir pour une mission qui pourrait durer deux mois. Peut-être plus.

— Tu peux répéter ?

— J'ai dit que je ne savais pas qu'elle était ici.

— Oui, en fait elle est l'associée de Nikki. Dans une société de technologie.

— La petite Abigaïl Jones a grandi. Elle a toujours été adorable.

— Oui, elle l'est toujours.

Il sentit un sourire lui étirer les lèvres et essaya de ne pas le montrer, certain que son frère saurait à quoi il pensait, ce qui fut confirmé quand Red dit :

— Merde, oh non…

— Quoi ? demanda Renly bien qu'il sache parfaitement ce à quoi son frère pensait.

— Tu n'as pas fait ça, hein ?

— Je ne vais pas répondre à cette question.

Red agita son doigt dans les airs.

— Je n'arrive pas à le croire. Pendant toutes ces années où tu craquais pour elle, tu couches avec elle *maintenant* ? Maintenant, alors que tu dois partir ?

— Je ne craquais pas pour elle.

— Mais bien sûr. J'avais toujours peur que tu gâches tout, et en 6e tu l'as fait. Tu l'as évité comme la peste. Et pourquoi ?

Même s'ils étaient jumeaux, Renly et Red étaient trop différents. Son frère ne comprenait pas.

Renly avait su que s'ils étaient trop proches, ils finiraient par se séparer. C'était exactement ce qui était arrivé à ses parents. Son père disait que c'était à cause de la surdité de sa mère. Il y avait autre chose. Renly les avait observés pendant des années et ils n'avaient fait que s'éloigner.

En fin de compte, les personnes qui se rapprochaient ne restaient pas ensemble. C'est comme les aimants. Quand ils sont trop près, ils finissent par se repousser.

Il détestait l'idée qu'il puisse être trop complaisant avec Abby. Qu'elle ne lui saute plus dans les bras avec le même enthousiasme que la veille.

Alors au collège, il avait commencé à la repousser. Bien qu'il ne sache pas ce qu'il faisait à l'époque, et il ne s'attendait pas à ce que ça dure.

Il devait prendre de la distance s'il voulait conserver leur amitié.

Les choses avaient été si compliquées à l'époque. Et maintenant…

Il espérait que ce ne serait pas le cas à nouveau.

Un groupe de clients entra en riant et en parlant, alors Renly prit cela comme le signal qu'il devait partir. Il fit un signe à son frère, puis ouvrit la porte en soupirant. Il sortit pour attendre son Uber afin de retourner chercher sa moto. Il se sentait plus en sécurité. Pourtant, il savait que ça ne durerait pas. Les crises devenaient de plus en plus fréquentes et les médicaments n'aidaient pas.

Il jurait contre sa malchance quand son téléphone sonna. Il sourit quand il vit qui c'était et décrocha.

— Salut, mec, dit Renly. Comment se passe la vie sur ton petit nuage ?

— Ça peut aller, assura Carson. Est-ce que je vais te voir ce soir pour la fête de fin de tournage ?

Carson Donnelly était le directeur hollywoodien dont on parlait le plus. Renly avait travaillé sur son plus récent film *Mastodonte*, mettant en vedette Francesca Muratti, qui n'était pas à proprement parlé l'ex de Renly, mais qui avait définitivement fini dans son lit.

— Je dois être honnête, avoua-t-il, je n'en avais pas l'intention.

— Allez, mec, insiste Carson. Ça me manque de travailler avec toi, et c'est le cas d'autres personnes. Viens faire un tour, fais le parcours, ensuite on pourra s'éclipser pour discuter.

— Pour toi, il se peut que je passe. Chez Matthew ?

Matthew Holt était un gros producteur hollywoodien et un joueur majeur dans le domaine du spectacle.

Il avait ce que Renly appelait « une maison pour faire la fête ». Un endroit qui accueillait parfois des fêtes modérées et parfois des rassemblements plus osés qui nécessitaient une invitation spéciale pour y entrer. Ces jours-là, la maison servait de quartier général pour le sex club appelé Masque.

Peu importe le genre de fête qu'il pouvait y avoir dans la maison, la salle à l'arrière était toujours une annexe de Masque, bien que souvent les gens dans les salles à l'avant ne sachent pas qu'une option sensuelle existait. Renly ne l'aurait pas su si Francesca ne l'y avait pas emmené une fois. S'il allait à la fête ce soir, ce ne serait pas une pièce qu'il visiterait.

— Sérieusement, dit Carson. Tu manques à l'équipe. Ne nous abandonne pas pour le monde plus exotique des services secrets internationaux et de la sécurité. Passe pour nous raconter tes histoires.

— D'accord, abdiqua Renly.

Il aimait bien ces gens. Même Frannie avait de bons côtés, du moins quand elle abandonnait son côté salope.

— Je vais passer pour quelques heures.

— Excellent, s'enthousiasma Carson. Et tu peux venir avec quelqu'un. Frannie a déjà rompu avec Micah…

— Ç'a été rapide.

— … Et tu sais qu'elle va te sauter dessus si tu n'as personne pour te protéger.

— En fait, je ne devrais pas venir du tout.

— Allez, mon pote. On va s'amuser.

Il ne protesta pas plus parce que Carson avait raison. Il pourrait emmener Abby. Elle n'était peut-être pas à la chasse des célébrités, mais il doutait qu'elle soit allée à beaucoup de fêtes hollywoodiennes. Quelques-unes, peut-être, puisqu'elle était la partenaire de Nikki, mais aller à la fête de fin de tournage de Carson Donnelly sortirait certainement du lot.

— Je serai là. Et j'emmène une amie.

CHAPITRE DIX

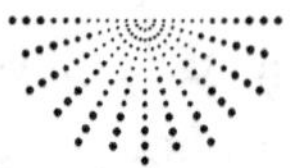

—Je suis à la fois jalouse et triste que tu ailles à Dubaï, dis-je à Renly quand on entre à la fête. Elle a lieu dans une superbe maison à Hollywood Hills avec une grande entrée remplie de smokings noirs et de robes colorées. Je m'arrête une fois à l'intérieur pour tout contempler, émerveillée de me retrouver dans une fête d'élite hollywoodienne afin de célébrer la fin d'un film prévu pour être la superproduction de l'été prochain.

— C'est le genre de missions pour lesquelles j'ai pris ce travail. Mais, ajoute-t-il en me serrant la main, c'est seulement une mission. Je reviendrai.

— Tu as intérêt. J'ai perdu mon meilleur ami une fois, je n'ai pas l'intention de le perdre à nouveau. Surtout quand il peut m'emmener dans des fêtes aussi géniales.

Je n'ai jamais été du genre à suivre les commérages hollywoodiens, mais même moi je sais qui est

Matthew Holt, le grand ponte du divertissement, propriétaire de la maison. J'ai aussi entendu parler de Carson Donnelly, le directeur qui a invité Renly et a gentiment suggéré qu'il invite une personne. Un bonus pour moi.

— Ça te manque ? Travailler à Hollywood, je veux dire.

— Je ne suis pas parti depuis si longtemps ! Mais non. Honnêtement, j'aime mon nouveau boulot. C'était amusant à Hollywood et excitant dans l'armée. C'est bien d'avoir la liberté que j'ai en travaillant à Stark Sécurité. J'ai des opportunités que je n'aurais pas eues en travaillant chez les SEALs.

Je reçois un message. J'espère que ce n'est pas mon harceleur.

C'est Darrin.

Je fais une grimace en regardant Renly.

— Le travail ?

Je hoche la tête et il rit.

— Bienvenue chez les adultes.

Je lève les yeux au ciel.

— C'est urgent ?

Je parcours le message.

— Il a parlé à son patron et il veut faire quelques modifications. Il espère qu'on pourra le faire ensemble demain.

Je grogne.

— Je déteste aller au bureau le dimanche.

— Je viendrai avec toi. Dis-lui que tu peux lui accorder une heure et ensuite on se fera un brunch.

— Vraiment ?

— Quoi ? Tu penses que je n'aime pas les brunchs ?

Je commence à taper une réponse au message. Pendant ce temps, il lève la main, faisant signe à une personne de l'autre côté de la pièce.

— Je reviens tout de suite. Sauf si tu veux venir avec moi ?

— Qui est-ce ?

— Le directeur de la photographie du dernier film sur lequel j'ai travaillé. Un mec bien, mais un peu avide.

Il jette un œil à ma robe courte, avec une jupe vaporeuse au corsage maintenu par des bretelles spaghetti à peine visibles.

— En fait, pourquoi tu ne resterais pas ici ?

Je lui fais un sourire suffisant.

— Très bien, monsieur.

Il part, et un moment plus tard Darrin répond à mon message et accepte de me voir à dix heures. Je range mon téléphone quand j'aperçois les cheveux noirs d'un homme de taille moyenne dans un smoking sombre. Je regarde à deux fois, pensant que c'est Darrin, puis je chasse cette pensée. S'il était là, il serait certainement venu me voir.

Ce doit être mon imagination puisque j'ai Darrin en tête. Je me retourne, cherchant un serveur pour avoir un verre, quand je me retrouve à quelques centimètres d'une femme superbe, grande et fine avec l'un des plus célèbres visages du pays, peut-être même au monde. Francesca Muratti. Elle me dépasse, avec des talons aiguille si hauts que je trouve impressionnant qu'elle marche sans tomber. Elle me sourit, aussi amicalement que la Jeannette d'à-côté, et me tend la main.

Je la prends sans réfléchir.

— Tu es la saveur du mois !

— Excusez-moi ?

Son sourire s'agrandit, dévoilant toutes ses dents.

— Le nouveau jouet de Renly.

— Je ne suis pas un jouet.

— Alors tu ne connais vraiment pas Renly.

— Si. Je le connais.

Elle penche la tête pour m'examiner.

— Tu as du cran.

— C'est quoi ton problème ? Tu ne me connais pas. Tu as décidé de venir me voir et venir râler sur la personne avec qui je suis venue à la fête ?

— Sors-tu avec lui ?

— Ça ne te regarde pas.

Cette conversation est plus que surnaturelle.

— Souviens-toi… Je l'ai eu en premier.

— Félicitations ?

Elle émet une sorte de reniflement. Je vois quelque chose ressemblant à du respect dans ses yeux.

Pendant un moment, on se fixe simplement, et ça commence à être étrange quand elle demande :

— T'a-t-il déjà emmenée au Masque ?

Je remercie silencieusement Nikki de m'avoir dit ce que Masque était. On était sorties boire un verre un soir après le travail et elle m'avait raconté comment Damien l'avait surprise en l'emmenant dans un sex club privé et clandestin.

C'est la soirée où on est passées de collègues à amies.

Je ne suis bien sûr jamais allée à Masque. Toutes les pièces du puzzle se mettent en place maintenant. En entrant, j'ai entendu quelqu'un mentionner qu'ils se dirigeaient vers le club. Mais ils n'ont pas quitté les lieux. Ils se sont plutôt dirigés vers l'arrière de la maison.

J'ai entendu des rumeurs aussi, des petits bouts de conversations à différentes fêtes où j'étais allée. Et d'après ce que je comprends, parfois, le Masque prend toute la maison, mais à d'autres, il est limité à la partie arrière, comme un vieux bar clandestin dont on doit connaître le mot de passe.

Je ne le connais pas. Je ne veux toutefois pas l'admettre devant Francesca. Je joute avec la plus célèbre vedette de cinéma au monde. Je veux gagner. Je me moque de jouer selon les règles.

C'est pourquoi je lève le menton et dis :

— Bien sûr. En fait, nous y retournons ce soir.

Pendant un instant, elle ne réagit pas du tout et je fais toute une série de sauts périlleux dans ma tête pour célébrer les points que je viens de gagner. Puis elle fait un pas en avant, les sourcils froncés, et je suis absolument certaine qu'elle veut me demander des détails et que mon mensonge va être découvert. Ma victoire n'aura pas fait long feu.

À ce moment-là, Renly revient. Mon preux chevalier.

— Francesca ?

Elle lui sourit, ce fameux sourire que j'ai vu sur tant d'affiches.

— Est-ce qu'il y a un problème ?

— Aucun. Ton amie me disait seulement que vous alliez au Masque ce soir.

J'essaie de paraître nonchalante. Puis il glisse une main le long de mon dos, et très lentement, il confirme :

— Oui. En fait, nous y allons tout de suite.

CHAPITRE ONZE

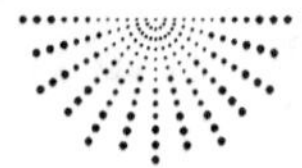

— **M**asque, dit-il une fois que Frannie fut partie. L'idée d'avoir Abby avec lui dans le club l'excita plus qu'il aimait l'admettre.

— Est-ce que tu sais ce que c'est ?

— Bien sûr, répondit-elle.

— Vraiment ?

— D'accord, dans les grandes lignes. Damien a emmené Nikki là-bas une fois. Elle m'a fait la confidence après quelques verres.

— Intéressant.

Elle se mordit la lèvre inférieure.

— Je n'aurais peut-être pas dû te dire ça à propos de ton patron.

Il rit.

— Ça va. Je crois que je peux gérer le fait de savoir que Damien Stark emmène sa femme dans un sex club.

— Tu y es déjà allé ? s'informa-t-elle, et il crut entendre une accusation dans l'intonation de sa voix.

— Oui.

Il aurait aimé pouvoir lire dans ses pensées. Il voulait l'emmener derrière. Pas pour les choses hardcore, ça ne ressemblait pas à Abby, même s'il ne repoussait pas une chance de le découvrir. Non, il avait un fantasme bien précis.

Il la voulait sur l'un des canapés de la pièce principale. Il voulait ouvrir sa braguette et l'installer sur ses genoux, étaler sa jupe sur eux pendant qu'elle se soulèverait et redescendrait, le prendrait pendant que tout le monde dans la pièce pourrait les regarder.

Il en avait envie parce qu'il la désirait. Il voulait la faire sienne. La posséder. Peut-être pas pour toujours, *définitivement pas pour toujours*, mais pour le moment. Pour cette nuit. Pour le week-end.

Peut-être pour toujours...

Il repoussa la voix dans sa tête. Cette voix qui lui disait que ça pourrait être une bonne chose. Qu'il méritait ce moment. Et Abby aussi.

À la place, il l'arrêta en haut des escaliers, avant l'entrée du club. Il avait fait l'erreur de baisser les yeux, puis il les ferma pour contrer les étourdissements.

— As-tu prévu de me le dire ?

— Quoi ?

— Pour les vertiges. As-tu eu un coup à la tête ? C'est pour ça que tu as quitté les SEALs ?

Il inspira.

— Oui.

Elle attendait d'en savoir plus, mais que pouvait-il ajouter ? Il lui avait dit. Ça devrait suffire. Il n'avait pas à tout étaler devant elle. Il lui avait déjà révélé qu'il n'était pas l'homme qu'elle pensait.

Cependant, elle ne dit rien. Elle lui prit la main et l'emmena dans un coin à l'écart des regards. Le monde devint plus stable et son pouls ralentit.

Ils étaient debout devant la porte du Masque, mais ce n'était pas ce qui prenait toute la place dans la pièce.

— Je ne suis pas ton père, dit-elle enfin en levant une épaule.

Il commença à lui demander ce qu'elle voulait dire, pour prétendre qu'il ne comprenait pas. Mais il *comprenait*. Elle avait vu au plus profond de lui, comme elle le faisait quand ils étaient enfants. Et ses tares ne la dérangeaient pas. Contrairement à son père, elle ne le laisserait pas tomber.

Il prit une inspiration, surpris que sa compréhension rapide ne le rende pas vulnérable. Il se sentait aimé.

Il croisa son regard et haussa les épaules.

— Cette robe n'irait pas du tout à mon père.

Son sourire illumina son visage.

— Vraiment pas.

Il pencha la tête en direction de la porte.

— En es-tu sûre ? On n'est pas obligés. Il n'y a aucune raison que tu aies le sentiment de devoir surpasser Francesca.

— Ce n'est pas ça, répondit-elle.

Il leva les sourcils.

— Alors quoi ?

Elle semblait embarrassée.

— Je veux avoir ce que les femmes ont eu avec toi. Pas Francesca en particulier. Mais je veux ce qu'elles ont eu. Tu ne veux pas d'une relation, soit.

Ses paroles n'étaient pas dures, mais elles le furent dans sa tête. Parce qu'Abby ne faisait pas partie de ce groupe. Elle était différente. Spéciale.

Il faillit le lui dire. Lui dit presque qu'il se moquait éperdument du Masque.

Il ne le fit pas. Parce qu'il la voulait là.

Il la voulait, *elle*.

— Très bien, dit-il avant de la mener vers l'entrée et montrer sa clé.

La porte s'ouvrit et ils furent admis à la fête.

Il regarda son visage, qui assimilait les couples parlant, s'embrassant et baisant. La salle principale était active ce soir, et il savait que les donjons le seraient plus encore.

— C'était ce à quoi tu t'attendais ?

— Je ne savais pas à quoi m'attendre. On reste ici ? Il y a plus à voir ?

— On va rester, dit-il en remarquant comme ses mamelons étaient proéminents et ses joues et ses lèvres étaient rouges. Elle était excitée. *Bien.* Parce qu'il la voulait, et vite, mais il ne souhaitait pas rester si elle se sentait mal à l'aise.

Abby semblait toutefois aller bien. Un peu bouche bée, mais bien. Alors il lui prit la main et la mena vers l'un des canapés tout près, comme dans son fantasme.

— Ici, dit-il.

— Ici ? Quoi exactement ?

— On verra bien, répondit-il en défaisant son pantalon et en libérant son sexe avant de s'asseoir. Mais pourquoi ne pas commencer par me chevaucher ?

Ses yeux s'agrandirent d'excitation, et il se sentit durcir davantage sachant que ça arrivait pour de bon.

— A-t-*elle* fait ça ?

Il pencha la tête en se questionnant sur sa jalousie. Il l'aimait plus qu'il ne le devrait.

— Oui.

— La jupe relevée en te prenant, le tout bien camouflé par le tissu, mais tout le monde dans la pièce savait exactement ce que vous étiez en train de faire ?

— Exactement.

— Ça pouvait n'être que du cinéma. Elle aurait pu seulement se frotter contre toi.

— C'est vrai.

Il n'avait aucune idée d'où elle voulait en venir.

— Ce n'est pas pour moi, dit-elle, et il sentit la déception le tenailler. Si je te fais mien, si je me fais tienne, je veux que tout le monde le sache.

Elle regarda les alentours en mettant les mains dans son dos pour défaire sa robe. Il ravala sa langue quand elle laissa la robe tomber sur le sol et son sexe devint dix fois plus dur quand il la regarda, nue à l'exception de ses chaussures, son porte-jarretelles et ses bas de soie.

Presque tout le monde s'était retourné pour regarder et il vit plus d'un homme mettre la main à son sexe pour se caresser, en regardant la femme qui l'accompagnait.

Il fit un son guttural. Pas un grognement, mais ça n'en était pas loin.

Elle leva plutôt le menton, vint vers lui sans dire un mot. Puis elle lui prit la main et la plaça entre ses cuisses, s'arquant en arrière quand il caressa son sexe humide.

Elle poursuivit, ses yeux ne quittèrent pas les siens quand elle monta sur le canapé, posa ses deux mains sur ses épaules et le chevaucha. Il était dur comme le roc. Douloureusement dur. Pendant qu'elle se trémoussait au-dessus du sommet de son sexe, il fut surpris de ne pas perdre tout contrôle.

Puis, oh, mon Dieu, elle le prit brutalement et commença à onduler sur lui… Et elle fit perdre l'esprit.

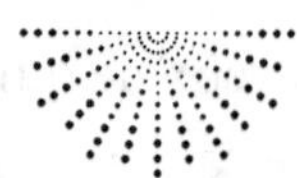

CHAPITRE DOUZE

Ils ne dirent pas grand-chose quand ils retournèrent chez Abby, mais pour Renly, les doux contacts et les regards chaleureux disaient tout et dès qu'ils passèrent le pas de sa porte et qu'ils l'eurent refermé, il l'attira à lui.

Le baiser fut lent et persistant. Tendre et intime. Tout le contraire de leur passion sauvage au Masque, mais tellement plus fascinant. Quand ils se séparèrent, tous les deux à bout de souffle, il la mena dans la chambre et il se perdit dans ses bras. Son parfum. Les sensations de son corps. Quand ils explosèrent pour la seconde fois cette nuit-là, elle se blottit contre lui, ses doigts dessinant sur son torse.

— Merci, murmura-t-elle.

— Pourquoi ?

— Pour m'avoir permis d'être un peu folle.

Il partit d'un petit rire.

— J'aime quand tu te lâches.

— Et pour m'avoir dit pour tes vertiges, ajouta-t-elle en croisant son regard. Pour m'avoir ramenée dans ta vie. Tu m'as tellement manqué.

Il posa une main sur sa joue

— À moi aussi. Mais je ne vais nulle part.

— Dubaï, dit-elle, et il hocha lentement la tête.

— Ce n'est pas partir. Je vais seulement au travail.

— Et tu es là maintenant, dit-elle en se retournant pour qu'ils soient en cuillère.

— Oui, murmura-t-il. Je suis là.

Il la serra contre lui, avant de sombrer dans le sommeil.

Pour la première fois depuis longtemps, il eut le sentiment que tout allait bien en ce monde.

Le matin suivant, ils arrivèrent dix minutes avant qu'Abby soit supposée rencontrer Darrin, mais il était déjà debout devant l'ascenseur quand ils atteignirent son bureau.

— Salut, Darrin, dit-elle à l'homme aux cheveux noirs. C'est mon ami, Renly. On a des projets pour le reste de la journée. Il va passer quelques appels et gérer ses mails pendant que nous travaillons.

Elle déverrouilla les portes du bureau et les guida à l'intérieur.

— Aucun problème, répondit Darrin en parlant à Abby sans vraiment saluer Renly.

Soit le gars était timide, soit c'était un connard. Pour le moment, il n'en savait pas assez.

Une fois à l'intérieur, Renly fit le tour du périmètre des bureaux, vérifia chacune des zones individuelles. Il valait mieux être prudent que de s'en mordre les doigts après. Abby et Darrin s'installèrent dans la salle de conférence et Renly s'assit au bout de la longue table afin de vérifier ses mails pendant qu'ils travaillaient.

Il leva la tête avant de se plonger dedans et croisa le regard de Darrin.

— J'espère que ça ne vous ennuie pas que je sois là. Je ne connais rien au monde de la technologie et Abby a dit que je pourrais m'asseoir ici et faire semblant d'être fasciné.

Le sourire de Darrin était un peu forcé, mais il dit :

— Bien sûr. Je ne sais pas si vous trouverez ça fascinant, mais je n'ai aucun problème avec ça.

Renly leva un pouce et retourna à son téléphone. Il écouta à moitié pendant qu'Abby montrait différentes caractéristiques du logiciel, de la fierté montant en lui en entendant sa voix compétente et ses explications claires. Elle était capable d'aller au cœur de problèmes complexes et de répondre aux questions de Darrin de manière à ce que quiconque, même Renly qui n'y connaissait presque rien, puisse comprendre.

Sa voix devint un agréable bruit de fond et il effaça au moins une centaine de mails, principalement des spams, qui s'étaient accumulés dans sa boîte.

Puis il grimaça quand il s'aperçut qu'il en avait raté un de sa mère datant de trois jours.

Il prit sa messagerie texte et lui envoya un message.

Tu es là ?

Renly ! Tu te cachais où ?

Désolé, j'ai raté ton mail. J'ai eu une sacrée semaine.
Je me dis que tu aurais réessayé si c'était important.
Quoi de neuf ?

Une maman ne peut pas envoyer un mail à son fils ?

Certaines mères le peuvent. Tu as toujours un truc derrière.

Ah, ah, ah.

Il sourit. Sa mère n'était pas du genre à écrire pour ne rien dire.

Allez, qu'est-ce qu'il se passe ?

Je vais me remarier.

. . .

Il hésita en fixant ces mots, ne sachant pas trop quoi dire.

Oh.

Dis-moi ce que tu ressens…

Il secoua la tête, puis se leva et quitta la salle de conférence parce qu'il avait besoin de bouger.

Il fit les cent pas dans le hall, le froncement de sourcil d'Abby quand il avait quitté la pièce brûlait dans son esprit. Heureusement, dans quelques minutes, il pourrait lui dire que tout allait bien.

Écoute, maman, je suis content pour toi. Sauf si tu as gardé le plus grand secret au monde, tu ne sors avec personne.

Avec qui vas-tu te marier ?

Je sors depuis des années.
Il est temps d'officialiser les choses.

Qui ? Je le connais ?

Chéri, c'est Élise.

Il fixa son téléphone.

Élise, ou tante Élise, était la meilleure amie de sa mère depuis des années et l'était depuis qu'ils avaient déménagé à Houston. Pendant toutes ses années de collège, elles avaient été inséparables et quand Renly et Red avaient déménagé, Élise avait emménagé avec eux. Elles s'entendaient très bien, et bien qu'il ne puisse s'imaginer vivre avec un colocataire à l'âge de sa mère, il comprenait qu'elle se sentait seule.

Du moins, c'est ce qu'il avait toujours cru. Maintenant, avec l'annonce des fiançailles, il voyait tout ça d'un œil neuf.

— Maman ? Pourquoi tu ne nous as rien dit ?

Je ne sais pas. Mais je vous le dis, maintenant.

Je trouve ça génial.
J'aime Élise. Pourquoi vous marier maintenant ?
Vous vivez ensemble depuis des années.

On aurait dû le faire quand c'est devenu légal.
Vaut mieux tard que jamais. Je ne veux pas me réveiller un jour
sans avoir fait ce qu'il fallait.

Que va-t-il se passer ?

. . .

Je ne devrais pas expliquer ça à quelqu'un
qui se bat contre les méchants.
On ne sait jamais ce que la vie nous réserve.
Pense à mon ouïe. Les choses peuvent changer en un
instant,
et je ne veux rien regretter.

Je comprends.

Et c'était le cas. Abby remplissait son esprit. Son sourire, son contact.

Maman, je trouve ça vraiment génial.

Vraiment ?

Bien sûr. Le mariage est pour quand ?
On n'a pas décidé. Mais je vais m'assurer
que vous soyez disponibles, Red et toi.

Et Abby, pensa-t-il. Il savait que ce n'était pas l'intention de sa mère, mais cette conversation avait changé quelque chose en lui, la manière dont il pensait à Abby. La manière dont il pensait à *eux*.

. . .

*Je dois y aller. J'allais partir quand
      tu as envoyé ton message. Je t'aime, chéri.*

Je t'aime aussi, maman.
      Fais un câlin à Élise pour moi.
      L'as-tu dit à Red ?

*Non, pas encore. Mais je vais le faire. C'est à moi de le
faire.
      Peux-tu garder un secret ?*

MDR. Non. Tu le sais.
      Mais je vais faire de mon mieux.
      Alors, dépêche-toi de lui dire.
      :).

Je t'aime fort. On se reparle bientôt.

Il resta là une minute à secouer la tête en s'émerveillant devant le miracle de cette conversation. Comment une simple déclaration pouvait-elle complètement changer sa perspective du monde ?

Il rangea son téléphone dans sa poche et alla dans la

salle de pause. Darrin était là, debout près de la machine à café.

— Salut, dit-il. Tu sembles heureux.

— Je viens d'avoir une conversation intéressante avec ma mère. Je suis heureux pour elle. Comment ça se passe pour le logiciel ?

— Abby vient de retourner dans son bureau pour récupérer quelque chose. J'avais besoin de ma dose de caféine. Vous en voulez un ?

— Ce serait génial. J'aurais bien besoin de caféine aussi.

Son téléphone sonna et il baissa les yeux pour regarder le message de Red.

Je viens d'avoir un message de maman.
Elle a raison.
Elles auraient dû le faire depuis longtemps.

Je suis d'accord. Je suis en réunion. On se parle plus tard ?

Son frère lui renvoya un emoji de pouce levé et Renly se dit qu'il devrait l'appeler dans la soirée. Ils devaient savoir ce qu'ils feraient pour leur mère. Peut-être leur offrir un voyage dans un endroit exotique pour leur lune de miel ?

— … Seulement pour poser les choses sur la table.

Renly secoua la tête, réalisant que Darrin lui avait donné un café.

— Je suis désolé. J'écrivais à mon frère.

Il prit une gorgée de café, puis une autre pendant que Darrin retournait à la machine.

— Abby veut un décaféiné, précisa Darrin. Je ne comprends pas. Si tu veux boire du café, alors tu bois du café.

Renly prit une nouvelle gorgée, attendant avec Darrin que le café d'Abby coule. Il sentit son foutu vertige le reprendre. Plus fort que jamais.

Il n'avait même pas bougé.

Il posa le café, fit un pas et s'écroula sur le sol, son esprit aussi instable que son corps et alors, plus rien n'eut de sens.

Il leva les yeux, confus, et vit Darrin mettre quelque chose dans le café d'Abby.

Darrin se tourna vers lui, le sourire qu'il lança à Renly lui donna des frissons.

Il essaya de bouger, de faire en sorte que le monde cesse de tourner, mais il n'y avait rien à faire.

Et quand le monde commença à virer au noir, il vit Darrin prendre le café drogué et sortir de la salle de pause pour retourner auprès d'Abby.

CHAPITRE TREIZE

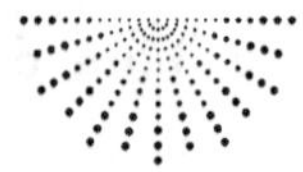

Bénie soit l'adrénaline.

Entre ça et la terreur qu'il ressentait pour Abby, il avait réussi à sortir son téléphone et appuyer sur le raccourci pour appeler Stark Sécurité. Il y avait une ligne ouverte vingt-quatre heures sur vingt-quatre pour les agents ayant des soucis et bien qu'il ait perdu conscience avant qu'une opératrice prenne l'appel, le numéro d'urgence avait fait son travail. L'équipe avait traqué son téléphone, trouvé sa localisation, et un ambulancier s'occupait des effets secondaires persistants du sédatif que Darrin avait utilisé.

Ils n'avaient pas encore les résultats du labo, mais le médecin était presque certain que c'était un mélange maison de sédatifs combiné avec une petite dose de Rohypnol.

Abby n'était pas au bureau, et elle ne serait pas partie de son plein gré. Ce connard l'avait enlevée et pour l'instant, la seule chose qu'il avait en tête était de la récupérer. Trouver où elle était, la ramener en sécurité et ensuite s'occuper du connard qui lui avait fait ça.

De nombreux agents de Stark Sécurité étaient en mission, mais tous ceux qui étaient disponibles étaient rassemblés dans les bureaux de Développement Fairchild & Associés. Nikki et Damien étaient là aussi, Nikki faisait les cent pas en parlant aux propriétaires de Greystone-Branch. Ils travaillaient sur le dossier aussi, creusant dans le passé de leur nouvel employé. Renly ne pouvait pas croire que Darrin faisait cela pour la première fois.

— D'accord, merci, entendit-il Nikki dire.

Elle entra dans la salle de pause, devenue le Centre de Commandes, et annonça que Bijan, un des propriétaires de Greystone, avait parlé à l'ancien employeur de Darrin.

Il reconnaissait désormais que Darrin avait reçu des plaintes pour harcèlement de la part du personnel féminin.

— Il y a escalade, nota Winston.

— A-t-il dit quelque chose qui pourrait nous aider à la localiser ? demanda Renly.

Tony était à l'appartement de Darrin pour le fouiller.

Les forces de l'ordre avaient été contactées et le détective était en vue et travaillait avec l'équipe. La police de Los Angeles avait accepté que Stark Sécurité prenne juridiction, mais ils avaient une équipe sur le terrain et étaient prêts à répondre une fois qu'Abby serait localisée.

Mario vérifiait les caméras de la circulation, espérant avoir une chance de repérer la route empruntée par Darrin avec Abby. Pour le moment, il avait réussi à les suivre sur quelques pâtés de maisons avant de perdre leur trace.

Leah, avec qui Renly avait le plus travaillé depuis qu'il avait rejoint Stark Sécurité, était au téléphone avec une personne du comté pour travailler sur une intuition. Il la regardait faire les cent pas de l'autre côté de la pièce.

Son intuition ne paraissait pas payer.

Quant à lui, il se sentait inutile. Sa tête lui faisait mal et il n'avait aucune idée de l'endroit où le connard avait pu l'emmener.

Leah vint vers lui et lui prit la main.

— Attends ici, dit-elle. On va la retrouver.

Il voulait la croire, mais la peur lui collait à la peau. Il y avait eu tant de choses dans sa vie qui lui avaient été arrachées, il avait terriblement peur qu'Abby suive le même chemin.

Pourquoi lui avait-il dit qu'il ne voulait pas de relation ? Elle devait avoir si peur, et il aurait aimé lui dire tout ce qu'il avait sur le cœur, au moins pour qu'elle ait une chose à laquelle se raccrocher.

Il pensa à sa mère et Élise. Sa mère avait attendu trop longtemps. Des années de trop. D'ailleurs, c'était le cas de Renly aussi. Il aurait dû dire à Abby qu'il l'aimait le soir de son retour.

À quoi avait-il pensé ? Pourquoi avait-il dit qu'il ne voulait pas de relation avec elle ?

C'était un idiot. Il avait si peur de la perdre qu'il n'avait pas osé la réclamer.

La perdre était devenu une vraie possibilité. Il était inutile, entre les vertiges et le marteau-piqueur dans sa tête, signe que les drogues quittaient son système.

Prends sur toi, Cooper. Arrête de te lamenter et travaille sur le problème.

Il regarda Ryan.

— On doit retracer sa famille. Voir si une personne en vie a une propriété, ou s'il a hérité de quelque chose dont il n'a pas encore pris possession.

Ryan hocha la tête et Nikki, toujours au téléphone, intervint :

— Bijan, est-ce que je peux vous poser une question ? demanda-t-elle avec une voix faible.

Renly la suivit dans le couloir, le front plissé. Damien était là aussi, également au téléphone, et il leva les yeux quand Nikki lui serra le bras.

— Non, c'est parfait, dit-elle. On va aller voir. Oui, bien sûr, je vous tiens informés.

Elle s'adressa à Renly.

— Son oncle a un bâtiment dans le quartier de la mode. Greystone avait pensé l'acheter et le rénover pour ses bureaux, mais avait finalement décidé de ne pas le faire. Ce n'est pas grand-chose, mais c'est une piste, annonça-t-elle.

Renly fixa l'immeuble, le vieil entrepôt abandonné dans le quartier de la mode. Il était petit, en rénovation, et il y avait une ancienne issue de secours qui longeait un côté.

— Il y a des signatures thermiques au second étage, déclara Leah à côté de lui.

— Les portes principales sont verrouillées, déplora Ryan. On pourrait les faire sauter, mais ça prendrait un moment de le faire silencieusement. On ne veut pas qu'il sache qu'on arrive.

Renly considéra la sortie de secours. À certains endroits, elle semblait se détacher du mur de briques. Rien qu'à la regarder, le monde semblait tanguer.

Oui… il pouvait le faire. Il pouvait prendre son courage et aller chercher Abby. Il le devait.

Leah fronça les sourcils en le regardant.

— Est-ce que ça va ?

— Je suis toujours un peu dans les vapes avec les drogues. Il se sentait nauséeux en s'imaginant sur cette issue de secours. Darrin se jouait de lui.

Il l'avait drogué. Il avait dû faire de même avec Abby. De quoi d'autre était-il capable ?

Renly connaissait la réponse. *N'importe quoi.*

Si Renly merdait, alors il pourrait aussi bousiller la seule chance d'Abby ! Il inspira. Il avait besoin d'être celui qui se trouverait dans cette pièce. Il avait besoin d'être celui qui irait la chercher. Être son preux chevalier. Merde, il savait bien qu'il ne pourrait pas vivre sans elle et il avait besoin de le lui dire.

Il devait aussi être intelligent, et cette réalité, celle

qu'il essayait de dissimuler depuis qu'il avait quitté les SEALs, surgit. Le choix le plus difficile de sa carrière.

Il regarda Leah.

— Tu peux me donner une minute ? Je dois parler à Ryan.

— Oui. Bien sûr.

Cette dernière était curieuse, mais elle était trop professionnelle. À côté de lui, Ryan terminait de parler à un officier de la SWAT locale, puis se tourna vers Renly.

— Qu'est-ce qui te tracasse ?

— Je ne peux pas aller à Dubaï ni monter à cette échelle.

— Tu as des vertiges ?

— Tu le sais ?

— Je l'ai soupçonné. Tu m'as parlé de ta blessure à la tête. Je t'ai vu tituber à quelques reprises. Je ne vois aucune autre raison qui pourrait t'empêcher de monter cette échelle pour aller sauver la femme que tu aimes.

Renly sourit. Il n'avait dit à personne qu'il l'aimait, mais c'était bien de s'apercevoir qu'il le montrait. Avec un peu de chance, ça voulait dire qu'elle le savait aussi.

— Je suis un connard. J'aurais dû te le dire il y a longtemps. Au moins quand tu m'as donné la mission à Dubaï. Pour ce type d'opération en tout cas, je serai inutile sur le terrain.

— Je pense que ça, c'est à moi d'en juger. Ceci étant dit, vu les circonstances, je ne pense pas que tu voudras aller au Moyen-Orient et laisser Abby derrière toi. Je vais te mettre sur une mission locale et tu pourras rester ici jusqu'à ce que tes vertiges se calment et qu'Abby et toi soyez installés.

Renly en fut incrédule.

— Tu me veux toujours dans l'équipe ?

À sa grande surprise, Ryan rit tout de suite.

— Tu es un excellent agent Renly. Tu ne m'écoutais pas quand je t'ai dit que tu pouvais faire beaucoup de choses avec ou sans tes vertiges. Je connais beaucoup d'hommes avec des blessures à la tête qui ont développé des vertiges, et ils ont tendance à diminuer avec le temps. Tu iras bien. J'aurais aimé que tu nous le dises, mais tu iras bien.

Il ressentit une vague de soulagement. De l'espoir aussi. La journée prenait un nouveau tournant et cela ne pouvait annoncer que de bonnes choses.

Ryan se racla la gorge.

— Bien sûr, si tu nous caches encore autre chose comme ça, nous aurons une autre conversation, dont je ne pense pas que tu aimeras l'issue. Pour l'instant, on est sur la même longueur d'onde.

Renly sourit de toutes ses dents.

— Dans ce cas, j'ai besoin de savoir qui tu vas envoyer. J'ai besoin de la personne que tu penses la meilleure sur le terrain pour aller secourir ma femme.

Dix minutes plus tard, Emma était à côté de lui. Une agente opérationnelle d'une ancienne agence gouvernementale secrète, et la meilleure tireuse d'élite de Stark Sécurité.

— Ne t'en fais pas, le rassura-t-elle. On va te la ramener.

Renly savait que c'était pour sauver Abby, ce n'était pas le moment pour avoir un coup de chaud et être confus.

Le plan était qu'Emma monte, évalue la situation et donne un rapport par radio. Elle s'occuperait de Darrin, et à son signal, l'équipe en bas ferait exploser la porte d'entrée.

Quand l'équipe entrerait, Renly avait l'intention d'être en première ligne. Il y aurait des escaliers, mais aussi des murs solides et le monde extérieur ne tournerait pas autour de lui.

— Est-ce que ça va ? s'inquiéta Emma.

— Oui. Prends soin de ma femme.

— Tu la retrouveras bientôt.

— Je sais. Pour la première fois depuis longtemps, il avait été honnête sur qui il était et ce qu'il pouvait faire.

Finalement, c'était cette honnêteté qui serait la clé pour récupérer Abby.

CHAPITRE QUATORZE

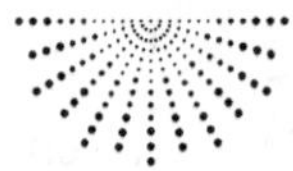

J e tremble et je ne sais si ce sont des effets
secondaires de la drogue que Darrin m'a fait
prendre ou à cause de la peur.

Je crois que ça doit être la peur.

Même si je tremble, et que je ne peux rien voir sous
le bandeau, j'ai l'esprit plutôt clair. J'écoute ce qu'il se
passe dans la pièce, j'essaie de savoir ce que Darrin fait
et où nous sommes.

Il y a de l'écho. J'ai un vague souvenir d'avoir été
emmenée en hauteur. Je ne sais pas depuis combien de
temps nous sommes là et je ne sais pas ce qui est arrivé
à Renly.

La dernière chose dont je me souviens est ma tête
qui tourne et le monde qui disparaît. J'ai été incapable
de bouger mes jambes et mes bras, mais mes yeux
étaient ouverts quand nous sommes passés devant la
salle de pause et que je l'ai vu étalé sur le sol, du café

renversé tout autour de lui. Ma poitrine s'est serrée, mais je n'ai rien pu faire, pas même crier.

Tout le reste est flou. Les sons et les images. Cela fait peut-être des jours que je suis là. Ou quelques heures. Je ne sais pas. Je suis terrifiée pour Renly. Et pour moi aussi.

— Darrin ?

Il fait du bruit, mais ne répond pas.

— Darrin, s'il te plaît. S'il te plaît, retire au moins le bandeau.

Il s'approche. Je sens son souffle chaud sur mon visage quand il se penche, une odeur d'oignons.

— Pourquoi penses-tu que je te ferais la moindre faveur, salope ? Après la manière dont tu m'as traitée ? Penses-tu que tu mérites de demander quoi que ce soit ?

— Je suis désolée de t'avoir mal traité. Je ne comprenais pas tes sentiments. J'aurais aimé que tu me le dises directement. Je suis flattée maintenant que je le sais. J'aimerais beaucoup apprendre à te connaître.

Le mensonge me rend malade, mais s'il me sauve la vie, si ça peut me permettre de retourner auprès de Renly, je dirais ou ferais n'importe quoi.

— S'il te plaît. Retire le bandeau pour qu'on puisse parler.

J'entends des grincements à l'extérieur qui proviennent de l'issue de secours. Il a dit quelque chose à propos d'un entrepôt. Je me demande où il peut être exactement. Au centre-ville de Los Angeles, probablement dans l'un des vieux quartiers où il y a des usines de textile abandonnées ? On pourrait très bien être dans un autre État à l'heure actuelle.

— S'il te plaît ! J'essaie de tendre la main, mais mes bras sont attachés à la chaise.

Il se penche plus près et je sens à nouveau son haleine. Je retiens ma respiration en m'attendant à ce qu'il retire cette chose. Il m'administre une énorme gifle sur la joue.

— Salope !

Je l'entends faire les cent pas devant moi.

— Tu pensais que je ne verrais pas la manière dont tu me trompais ? On partageait quelque chose de spécial et tu l'as ignoré ! Tu es allé dans ce club avec ce mec. Tu as fait de vilaines choses avec lui. Tu m'as trompé. Tu ne feras plus rien avec lui. Je vais m'en assurer.

La peur me traverse, mais il ne parle pas comme si Renly était mort. Plutôt comme s'il le serait bientôt, et ça au moins, ça me donne de l'espoir.

— Je te l'ai dit, j'ignorais ce que tu ressentais.

— Qu'est-ce qui te fait croire que je vais vouloir de toi maintenant ? J'ai vu ce que tu as fait avec lui. Là où tout le monde pouvait vous voir. Espèce de pute.

— Je suis désolée.

Je cherche les mots magiques, mais je ne les connais pas. Ses mains viennent sur les miennes, liées aux accoudoirs. Il est là. Si près. Si mes jambes étaient libres, je pourrais lui donner un coup de pied dans l'entrejambe.

— Je ne te veux plus. Tu ne comprends pas ? Tu n'es

pas ici parce que je veux te garder. Tu l'es parce que je veux te jeter. C'est ce que tu fais avec les choses qui ont pourri, non ?

— Darrin, s'il te plaît.

Il émet un son dur qui ressemble presque à un grognement, et je sens la chaise bouger quand il la repousse sèchement, puis la douleur aiguë de sa main contre ma joue. Je crie, et en même temps, j'entends un craquement sec. Je n'ai aucune idée de ce qu'il se passe, mais il y a un bruit sourd, et pendant un moment, un merveilleux moment, je pense que Darrin est tombé.

Renly ?

Je n'ose pas le dire à voix haute. Si j'ai tort, si Darrin n'est pas blessé, il me fera mal pour l'avoir fait. Il me punirait pour penser à Renly.

Pourtant, je dois savoir ce qu'il se passe. Je me balance, j'essaie de remuer sur le fauteuil. Je sens des mains sur mes épaules.

— Ça va, dit une voix de femme. Il est tombé, tu es en sécurité.

— Emma ?

Un sanglot m'échappe.

— Oh, mon Dieu, Emma, où est Renly ?

— Abby, chérie, je suis là.

Quelqu'un m'enlève le bandeau sur mes yeux, et Renly est devant moi, une main sur ma cuisse et l'autre me prenant la tête.

Il me serre contre lui et m'embrasse passionnément, puis me retire mes liens.

Emma a réussi à en défaire une partie, et je cligne

des yeux en réalisant qu'il se passe beaucoup de choses autour de nous.

Toute l'équipe de Stark Sécurité est là. Je me jette au cou de Renly.

Il me serre fort contre lui, si fort que j'ai peur qu'il me casse une côte.

— Je t'ai presque perdue. Mon Dieu, Abby, j'aurais pu te perdre. Je ne pense pas que je pourrais vivre si je te perdais.

— Je savais que tu viendrais. Je le savais.

— Plus jamais.

Je réussis à rire faiblement.

— Oui, j'espère bien.

— Non. Loin de moi. Plus jamais. Tu es à moi, Abby. Merde, j'ai besoin de toi.

Je cligne des yeux. Autour de nous, Stark Sécurité sécurise la scène et ligote Darrin pendant que nous attendons la police. Je remarque à peine l'activité. Je suis trop concentrée sur Renly. La peur sur son visage. La passion dans ses paroles.

— Tu vas devoir me redire ça.

— Toi et moi. C'est pour toujours. Appelle ça une relation si tu veux, parce que ça en est une. Ou une amitié améliorée, parce que tu es la meilleure amie que je n'aurai jamais, et si tu veux de moi, tu seras la dernière amante que j'aurai.

Mon cœur palpite et ma main monte à ma bouche.

— Est-ce que c'est une demande en mariage ?

— Oui. Non. Je ne sais pas. Ça l'est ?

Je ris.

— Non, dis-je en me sentant tellement étourdie que je pourrais m'envoler. Je veux sortir avec toi, d'abord. Pourquoi ne pas appeler ça une promesse ?

— Chérie, je te promettrais le monde si tu le voulais.

Je sens des larmes chaudes sur mes joues quand il me serre encore plus près de lui.

— Je n'ai jamais voulu le monde. Tout ce que je veux, c'est toi.

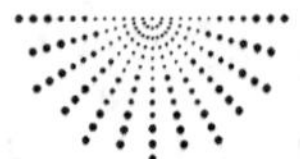

S*ix mois plus tard...*

— Mel, tu ne trouves pas que la bague d'Abby est éblouissante ?

Jo Swift regarde par-dessus son épaule pour voir son mari, Mel, le copropriétaire de la distillerie de Red.

— Oui, oui, superbe bague, dit-il, son attention tournée vers son téléphone.

Jo lève les yeux au ciel en me regardant.

— Ne sois pas offensée. Il est au cœur d'une négociation d'un gros marché avec une chaîne d'hôtels. Garder son attention loin de ce téléphone au cours des deux derniers jours a été tout un travail. Selon moi, elle est absolument splendide !

— Elle l'est, dis-je en ayant le vertige.

— C'est Renly qui l'a choisie ?

— Oui. Elle est parfaite.

Il est à quelques mètres de moi, parlant avec Red. Jo a un léger sourire sur les lèvres. De bonheur pour moi, sans doute. Je tends la main et je suis récompensée par Renly qui la prend.

— Je suis tellement heureuse pour vous deux, dit-elle, et bien qu'elle regarde son mari, je ne vois pas le sourire auquel je pourrais m'attendre. Au contraire, il semble y avoir une ombre derrière elle.

Je serre la main de Renly qui croise mon regard, l'amour que je vois dans ses yeux remplit les abysses que la noirceur de Jo a créés en moi.

Elle me donne une accolade, puis se retourne en souriant, tout en se dirigeant vers Mel.

— Ils ne sont pas notre modèle, chuchote Renly à mon oreille.

— Quoi ? Qui ?

Il me caresse les cheveux.

— Tu crois vraiment que je ne sais pas à quoi tu penses ?

— Bon, d'accord. Il n'y a pas la moindre étincelle entre eux. Je ne voudrais pas que ça nous arrive.

— Ce ne sera pas le cas.

Mon homme me soulève le menton.

— Regarde à nouveau autour de nous.

Tous nos amis venus célébrer nos fiançailles : Nikki et Damien, Ryan et Jamie, Linda et Winston et telle-ment d'autres de mon bureau, et du travail de Renly à Hollywood et à Stark Sécurité.

— Il y a tellement d'amour autour de nous,

murmure-t-il. Cela n'a toutefois pas d'importance. Parce que nous avons assez d'amour entre nous pour qu'il dure pour l'éternité. Nous serons géniaux !

— Serons ? Chéri, nous le sommes déjà.

DÉLIVRE-MOI - UN EXTRAIT

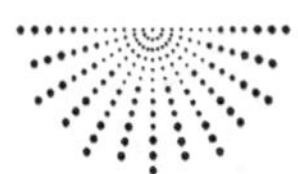

Chapitre premier

Une brise fraîche venue de l'océan caresse mes épaules nues, et je frissonne. J'aurais mieux fait d'écouter ma colocataire et de prendre un châle pour ce soir. Je suis à Los Angeles depuis quatre jours à peine et je n'ai pas eu le temps de m'habituer à ces températures estivales qui chutent dès le coucher du soleil. À Dallas, il fait chaud en juin, il fait encore plus chaud en juillet, et en août c'est l'enfer.

Ce n'est pas le cas en Californie, du moins pas en bord de plage.

Leçon numéro un : toujours prévoir un pull quand on sort après la tombée de la nuit.

C'est vrai, je pourrais retourner à l'intérieur pour me joindre à la fête. Me mêler aux millionnaires, bavarder avec les célébrités, contempler les peintures avec déférence. J'assiste au vernissage d'une exposition, après tout ; et si mon patron m'a amenée ici, c'est pour que je rencontre du monde. Je dois saluer les invités, jouer de mon charme, bavarder avec eux. Je m'extasierai un autre jour sur le paysage qui s'anime devant moi : des nuages rouge sang explosent dans un ciel orange pâle, des vagues bleu gris miroitent, parsemées de flaques d'or…

Appuyée contre la balustrade, je me penche en avant. La beauté sublime et hors d'atteinte du soleil couchant m'attire irrésistiblement. Je regrette de n'avoir pas apporté le Nikon cabossé de mes années de lycée. Mais il n'aurait pas trouvé sa place dans mon tout petit sac à main brodé de perles… Et arborer un gros étui en bandoulière sur ma petite robe noire aurait été une horrible faute de goût.

Mais c'est mon tout premier coucher de soleil sur l'océan Pacifique, et j'ai décidé de marquer le coup. Je sors mon iPhone, je prends une photo et l'envoie aussitôt sur Twitter. Maintenant, tout le monde sait que Nikki Fairchild ne peut pas résister à un beau paysage.

– Du coup, l'expo en devient presque superflue, vous ne trouvez pas ?

Je reconnais cette voix féminine et rauque. C'est celle d'Evelyn Dodge, actrice à la retraite devenue agent, puis mécène… et mon hôtesse pour la soirée.

– Je suis désolée. Je dois avoir l'air d'une touriste surexcitée, je le sais, mais nous n'avons pas ce genre de coucher de soleil à Dallas.

– Ne vous excusez pas. J'ai choisi cet appartement

pour la vue, et chaque fois que je paye le loyer, je me dis : *Encore heureux que le panorama soit spectaculaire !*

Elle a réussi à me mettre à l'aise et j'éclate de rire.

– Vous vous cachez ? me lance-t-elle.

– Pardon ?

– Vous êtes la nouvelle assistante de Carl, n'est-ce pas ?

Elle fait allusion à celui qui n'est mon patron que depuis trois jours.

– Oui, c'est ça. Nikki Fairchild.

– Ça y est, je me souviens ! Nikki, du Texas !

Elle me détaille des pieds à la tête. Elle s'attendait peut-être à me voir avec des cheveux longs, bottes de cow-boy aux pieds. Est-elle déçue ?

– Et vous êtes censée charmer qui, ce soir ? me demande-t-elle.

– Pardon ?

En fait, je sais exactement où elle veut en venir.

Elle lève un sourcil goguenard :

– Ma chère, Carl préférerait marcher sur des charbons ardents plutôt que de se pointer à une exposition de peinture. Il cherche des investisseurs et vous êtes son appât.

Après s'être raclé la gorge, elle ajoute :

– Ne vous en faites pas, vous n'êtes pas obligée de me dire de qui il s'agit. Et ce n'est pas moi qui vais vous reprocher de vous faire discrète. Carl est brillant, mais par moments, c'est un connard.

– J'ai signé pour son côté brillant, lui dis-je.

Et elle éclate de rire.

Elle a vu juste, pourtant : je suis l'appât de Carl.

« Mettez une robe de soirée. Quelque chose d'un peu sexy », m'a-t-il précisé quelques heures plus tôt.

Et moi, j'ai pensé : *Il est sérieux ? Vraiment sérieux ?*

J'aurais pu lui dire de la porter lui-même, sa foutue robe, mais j'ai préféré me taire. Parce que je veux garder ce boulot. Je me suis battue pour l'obtenir. En seulement dix-huit mois, la C-Squared Technologies, la boîte de Carl, a lancé trois applications Web avec un succès absolu. Des résultats excellents, qui ont attiré l'attention de ses pairs. Carl est maintenant considéré comme l'homme à suivre. Plus important : il peut m'en apprendre beaucoup. Je me suis préparée à l'entretien d'embauche avec un sérieux frôlant l'obsession, et j'ai décroché le poste. Un coup énorme, pour moi. Alors, qu'est-ce que ça peut faire s'il me demande de porter une robe un peu sexy ? C'est un petit prix à payer…

Merde !

– Je vais retourner à l'intérieur. Je suis son appât, après tout, dis-je.

– Oh bon sang ! J'ai réussi à vous culpabiliser ou à vous mettre dans l'embarras… Oubliez ça. Et laissez-les reprendre un petit verre avant d'y retourner. Ils seront plus réceptifs, vous pouvez me croire.

Evelyn tient un paquet de cigarettes. Elle le tapote pour en faire sortir une, puis me le tend. Je refuse. J'adore l'odeur du tabac, ça me rappelle mon grand-père, mais fumer ne m'apporte rien.

– Je suis trop vieille et trop ancrée dans mes habitudes pour arrêter… Mais Dieu me préserve de fumer dans ma propre maison ! Tous ces gens me brûleraient en effigie, se lamente-t-elle. Vous n'allez pas me faire la leçon sur les dangers du tabagisme passif, au moins ?

– Non, promis.

– Vous auriez du feu, par hasard ?

Je lui montre mon sac à main minuscule :

– Juste de quoi contenir un tube de rouge à lèvres, une carte de crédit, mon permis de conduire et mon téléphone.

– Pas de préservatif ?

– Ah bon ? C'est ce genre de soirée ? demandé-je sèchement.

– Décidément, je savais que vous alliez me plaire !

Elle parcourt le balcon du regard et ajoute :

– Une fête sans la moindre bougie, c'est nul ! Quand je pense que c'est moi qui l'ai organisée ! Oh… et puis merde…

Elle porte la cigarette éteinte à ses lèvres et aspire, les yeux clos, l'air extatique. J'aime bien cette femme, c'est plus fort que moi. Contrairement à toutes les autres ici ce soir, moi y comprise, elle est à peine maquillée. Et sa robe tient plutôt du cafetan, avec son imprimé batik aussi fascinant que la femme qui le porte.

Ma mère dirait que c'est une grande gueule insolente, qui ne doute jamais de rien, bref, qu'elle est beaucoup trop sûre d'elle. Ma mère la haïrait. Moi, je la trouve géniale.

Elle laisse tomber sa cigarette toujours éteinte sur le carrelage et l'écrase du bout de sa chaussure. Puis elle fait signe à l'une des filles tout en noir du service traiteur. La serveuse s'approche de nous avec son plateau chargé de flûtes de champagne. Pendant une minute, elle se bagarre avec la porte coulissante ouvrant sur le balcon. J'imagine les flûtes qui dégringolent et se brisent sur le carrelage, je vois les éclats de verre s'éparpiller en scintillant comme une cascade de diamants… Et je me vois me pencher pour ramasser un pied de verre brisé. Quand je m'en empare, son bord acéré pénètre la chair molle à la base de mon pouce… La souffrance me donnant de la force, je le serre encore plus, un peu comme certaines personnes serrent leur patte de lapin en espérant qu'elle va leur porter bonheur.

Cette vision se confond avec mes souvenirs, si saisissante que j'en vacille. Elle est soudaine, puissante, un peu déconcertante aussi. Ça fait si longtemps que je n'ai pas ressenti le besoin de souffrir… Qu'est-ce qui me prend de penser à ça en ce moment, alors que je me sens solide et sûre de moi ?

Je vais bien, me dis-je. *Je vais bien, je vais bien, je vais bien.*

– Prenez-en une, ma chère, me suggère Evelyn d'un ton léger, en me tendant une flûte.

J'hésite, je cherche des signes sur son visage… S'est-elle rendu compte que mon masque a glissé ? A-t-elle entrevu l'âpreté que je porte en moi ? Elle semble toujours aussi affable.

– Ne discutez pas, insiste-t-elle, se méprenant sur mon hésitation. J'ai acheté une douzaine de caisses de

champagne et je déteste gaspiller les bonnes choses…
Non, pas moi, je n'aime pas les bulles.

Elle vient de refuser le verre que lui proposait la
serveuse.

– Pour moi, ce sera une vodka bien frappée, avec
quatre olives, lui dit-elle. Dépêchez-vous, Mademoiselle ! Qu'est-ce que vous attendez ? Que je me
dessèche comme une feuille que le vent emporte ?

La fille secoue la tête, un peu crispée. On dirait un
petit animal terrorisé… Du genre à donner une patte
pour porter chance à quelqu'un.

Evelyn se retourne vers moi :

– Alors, vous aimez L.A. ? Qu'est-ce que vous avez
vu ? Vous avez visité des trucs ? Vous avez le plan avec
toutes les maisons de stars ? Dieu du ciel, surtout ne me
dites pas que vous vous êtes laissé avoir par toutes ces
bêtises pour touristes !

– Pour l'instant, j'ai surtout vu des kilomètres d'autoroute et l'intérieur de mon appartement.

– C'est tout aussi déprimant, vous me direz. Carl a
vraiment bien fait de traîner votre petit cul maigrichon
ici ce soir.

J'ai pris sept kilos depuis l'époque où ma mère
surveillait tout ce que j'avalais. Sept kilos bienvenus,
donc. Je suis très contente de la taille de mon cul, et je
ne dirais pas qu'il est maigrichon. Je sais qu'Evelyn a
voulu me faire un compliment, alors je souris :

– Moi aussi, je suis ravie d'être ici. Ces peintures
sont vraiment étonnantes.

– Oh non, s'il vous plaît… Ne me faites pas le coup

de la conversation polie ! me lance-t-elle sans me laisser le temps de protester. Je suis sûre que vous êtes sincère, ces toiles sont merveilleuses, c'est vrai, mais là, vous venez d'avoir le regard vide d'une fille trop bien élevée, et c'est inacceptable ! Pas au moment où j'allais faire la connaissance de la vraie Nikki !

– Désolée ! Je vous jure que je n'essaie pas de me dérober.

Et parce que je l'apprécie sincèrement, je ne lui dis pas qu'elle se trompe, qu'elle n'a pas devant elle la vraie Nikki Fairchild. Elle a rencontré la Nikki-en-société. Comme la poupée Barbie, cette Nikki se trimballe avec tout un tas d'accessoires ; sauf que, dans mon cas, il ne s'agit pas d'un Bikini ni d'une décapotable, mais du *Guide des événements sociaux*, d'Elizabeth Fairchild.

Ma mère connaît les bonnes manières en société sur le bout des doigts. Elle affirme que c'est parce qu'elle a grandi dans le Sud. Il m'arrive de me plier à ses règles, dans les moments de faiblesse, mais la plupart du temps je la considère juste comme une garce autoritaire. Quand j'avais trois ans, elle m'a emmenée boire un thé pour la première fois au Manoir de Turtle Creek, à Dallas, et depuis ce jour, ces foutues règles sont gravées dans ma mémoire. Comment marcher, comment parler, comment s'habiller, ce qu'il faut manger, combien de verres on peut boire, quel genre de blagues on peut raconter…

J'ai tout cela en moi, chaque astuce, chaque nuance, et j'affiche mon sourire de circonstance comme une armure contre le reste du monde. Résultat, je ne serais sûrement jamais capable de me montrer sous mon vrai jour lors d'une soirée, même si ma vie en dépendait.

Mais cela, Evelyn n'a pas besoin de le savoir.

– Où vivez-vous, dites-moi ? me demande-t-elle.

– À Studio City. Je partage un appartement avec ma meilleure amie du lycée.

– Si je comprends bien, autoroute pour aller au boulot et autoroute pour rentrer chez vous. Pas étonnant que vous n'ayez vu que du béton. Personne ne vous a dit qu'il fallait vous installer à l'ouest de la ville ?

– Prendre un appartement toute seule là-bas me coûterait les yeux de la tête.

Je constate aussitôt que ma réflexion la surprend. Quand je fais des efforts – quand je suis la Nikki-en-société, je veux dire –, tout le monde pense que je viens d'une famille friquée, je n'y peux rien. Sûrement parce que c'est vrai… Je viens d'une famille friquée, mais ça ne veut pas dire que je le sois moi aussi.

– Quel âge avez-vous ?

– Vingt-quatre ans.

Evelyn hoche la tête d'un air pensif, comme si cette information lui révélait des choses extrêmement importantes sur mon compte.

– Vous allez bientôt vouloir un endroit à vous. Appelez-moi quand ce sera le cas, et nous vous trouverons un appart' avec une jolie vue. Pas aussi belle que celle-ci, bien sûr, mais on peut arriver à trouver mieux qu'un échangeur autoroutier.

– Ce n'est pas affreux à ce point…

– Évidemment, réplique-t-elle d'un ton qui sous-entend exactement le contraire.

Puis elle englobe d'un grand geste l'océan qui vire au noir et le ciel scintillant d'étoiles :

– Si vous aimez les belles vues, vous pouvez revenir ici quand ça vous chante pour partager la mienne. Vous êtes la bienvenue.

– Je risque de vous prendre au mot. J'aimerais beaucoup revenir avec un appareil photo correct, histoire de prendre un ou deux clichés.

– C'est une invitation permanente. Je fournis le vin, et vous le divertissement. Une jeune femme perdue dans la ville… Qu'est-ce que ça va donner ? Un drame ? Une comédie romantique ? En tout cas pas une tragédie, j'espère. Comme toutes les filles, j'adore pleurer un bon coup de temps en temps, mais vous, je vous aime bien. Il vous faut une fin heureuse.

Je me raidis, mais Evelyn ne se doute pas qu'elle a touché un point sensible. C'est exactement pour cette raison que j'ai emménagé à Los Angeles. Nouvelle vie, nouvelle histoire, nouvelle Nikki…

J'élargis le sourire de ma Nikki-en-société et je lève ma flûte de champagne :

– Aux fins heureuses et à cette fête incroyable ! Mais je vous retiens depuis trop longtemps…

– Foutaises ! C'est moi qui vous monopolise ; et nous le savons toutes les deux.

Nous nous glissons à l'intérieur. Le bourdonnement des conversations alcoolisées remplace le chuchotement calme et doux de l'océan.

– Je suis une très mauvaise hôtesse, m'avoue Evelyn. Je fais ce que je veux, je parle à qui je veux, et si certains de mes invités se sentent négligés, qu'ils aillent se faire voir, je m'en moque !

J'en reste bouche bée. J'entendrais presque les cris d'orfraie de ma mère en direct de Dallas.

– En outre, cette fête ne me concerne pas au premier chef, précise-t-elle. J'ai organisé cette petite sauterie pour présenter Blaine et son art à la communauté. C'est à lui de s'occuper de ses invités, pas à moi. OK, on baise ensemble, mais de là à lui passer tous ses caprices…

Evelyn vient de fouler aux pieds l'image que je me faisais de la parfaite maîtresse de maison accueillant l'incontournable événement mondain du week-end. Je crois que je suis un peu amoureuse de cette femme…

– Je n'ai pas encore rencontré Blaine. C'est lui, n'est-ce pas ?

Je lui désigne un homme long et fin comme un roseau. Il est chauve, mais porte un petit bouc roux. C'est pas sa couleur naturelle, j'en mettrais ma main au feu. Une petite foule bourdonne autour de lui comme un essaim d'abeilles attirées par le nectar d'une fleur. D'ailleurs, ses fringues en ont l'éclat.

– Oui, c'est ma vedette, me confirme Evelyn. L'homme du jour. Il a du talent, pas vrai ?

Elle m'indique son immense salon. Tous les murs sont couverts de toiles. Excepté quelques bancs, les meubles qui occupaient cette pièce quelques heures plus tôt ont cédé la place à des chevalets portant d'autres peintures.

Ce sont des portraits, je crois. Mais les modèles sont nus, et le résultat ne ressemble à rien de ce que l'on trouve dans les livres d'art classique. On sent une tension dans leur posture. Un brin de provocation, de crudité. Ils sont conçus et élaborés avec une grande maîtrise. Et pourtant ils me dérangent, comme s'ils m'apprenaient plus de choses sur ceux qui les regardent que sur les modèles ou leur créateur.

Mais j'ai bien l'impression d'être la seule à réagir ainsi. Les gens qui entourent Blaine sont tous aux anges, et j'entends d'ici leurs flots de louanges.

– J'ai mis la main sur un gagnant, avec ce type, me dit Evelyn. Mais voyons, qui aimeriez-vous rencontrer ? Rip Carrington et Lyle Tarpin, ça vous dirait ? Ces deux-là, c'est le drame garanti, vous pouvez me croire ! Votre colocataire sera verte de jalousie quand elle apprendra que vous leur avez parlé !

– Vraiment ?

Les sourcils de mon hôtesse se lèvent à l'unisson.

– Rip et Lyle ? Ils se bagarrent depuis des semaines, vous n'êtes pas au courant ?

Elle me dévisage, les yeux plissés, et ajoute :

– Leur sitcom et le fiasco de la nouvelle saison, ça ne vous dit rien ? Tout le monde en parle sur Internet ! Vous ne savez vraiment pas qui c'est ?

– Désolée… Ces derniers temps, je n'ai pas eu une minute à moi, vous savez. Je travaille pour Carl, je vous laisse imaginer ce que c'est.

Étrange, ce besoin que j'éprouve de me justifier. Et d'ailleurs, à propos de Carl… Je jette un coup d'œil autour de moi, mais je n'aperçois mon patron nulle part.

— N'empêche que vous avez de sérieuses lacunes, me fait remarquer Evelyn. La culture, et ça inclut la pop-culture, c'est aussi important que… vous avez fait quoi comme études, déjà ?

— Je ne crois pas vous avoir parlé de mes études. J'ai une double spécialisation en électrotechnique et en informatique.

— Vous êtes donc belle *et* intelligente. Encore une chose que nous avons en commun… Mais du coup, avec un tel niveau d'études, je me demande pourquoi vous avez accepté le poste de secrétaire de Carl…

— Je ne suis pas sa secrétaire, je vous assure, lui dis-je en riant. Carl cherchait un technicien ou une technicienne pour l'aider à promouvoir ses produits ; moi, il me fallait un boulot où je puisse apprendre ces aspects commerciaux dont j'ignore tout pour l'instant. Pour me mettre dans le bain, en quelque sorte. Il a d'abord un peu hésité à m'engager, parce que mes compétences penchent résolument du côté de la technique, mais j'ai fini par le convaincre que j'apprends vite.

Mon hôtesse me dévisage avec attention.

— Vous êtes ambitieuse, à ce que je vois.

Je hausse une épaule d'un air désinvolte :

— Nous sommes à Los Angeles, non ? La ville des ambitieux…

— Eh bien, dites donc ! Carl a de la chance de vous

avoir. Je me demande combien de temps il va réussir à vous garder. Mais, voyons… y a-t-il quelqu'un qui vous intéresse dans cette pièce ?

Elle fouille son salon du regard et finit par pointer du doigt un homme d'une cinquantaine d'années au milieu d'un parterre d'admirateurs.

– Lui, c'est Charles Maynard, me dit-elle. Charlie et moi, on est des vieilles connaissances. Un type carrément intimidant. Il faut apprendre à le connaître, mais ça en vaut vraiment la peine. Ses clients sont soit des célébrités, soit des hommes d'affaires plus friqués que Dieu lui-même. Enfin, bref, ce type a toujours des tas d'histoires fabuleuses à raconter.

– Il est avocat ?

– Oui, chez Bender, Twain et McGuire. Une entreprise extrêmement prestigieuse.

– Je sais…

Ouf ! je vais pouvoir lui montrer que je ne suis pas complètement ignare, même si Rip ou Lyle sont des inconnus pour moi.

– L'un de mes meilleurs amis y travaille, lui dis-je. Il a commencé ici, et en ce moment il bosse pour eux à New York.

– OK, allons-y, Miss Texas. Je vais vous présenter.

Nous faisons un pas dans la direction de Maynard, mais Evelyn m'arrête aussitôt. L'homme a sorti son téléphone et vocifère des instructions. Je saisis au passage quelques jurons bien sentis… Je regarde Evelyn du coin de l'œil. D'un air pas vraiment surpris, elle me précise :

– C'est un type adorable, en réalité… J'en sais quelque chose, j'ai bossé avec lui ! À l'époque où j'étais agent, on a monté ensemble tellement de biopics pour nos clients célèbres que j'en ai perdu le compte. En nous démenant pour que certains scandales n'apparaissent pas à l'écran, je précise.

À en juger par son expression, elle doit revivre cette époque glorieuse. Elle me tapote le bras :

– Attendons quand même qu'il se calme un peu, et pendant ce temps-là, nous…

Les mots meurent sur ses lèvres, et elle scrute à nouveau la pièce avec une moue concentrée.

– Il n'est pas encore parmi nous, je crois, mais… Oh, mais si, il est là ! Lui, vous devez absolument le rencontrer, ma chère. Tiens, en parlant de panoramas splendides, il se fait construire une maison qui aura une vue à côté de laquelle la mienne ressemblera à… à la vôtre, je dirais.

Elle s'est tournée vers son vestibule, où je ne vois que des têtes qui bougent et un défilé de haute couture.

– Il n'accepte presque jamais ce genre d'invitation, mais on est amis depuis longtemps, lui et moi, me précise-t-elle.

Je ne parviens toujours pas à voir de qui elle me parle… Puis la foule s'écarte, et j'aperçois l'homme de profil. J'ai la chair de poule, tout à coup, et pourtant il ne fait pas froid. Bien au contraire, j'ai très, très chaud…

Il est grand, et si beau que ce mot lui-même ne lui rend pas justice. Mais il est bien plus que cela encore. Il domine la pièce simplement parce qu'il s'y trouve… Je me rends compte que nous ne sommes pas les seules à le regarder, Evelyn et moi. Tous les invités ont remarqué son arrivée. Il doit sentir le poids de nos regards sur lui, mais cette attention soutenue ne semble pas l'affecter. Il sourit à la fille qui sert le champagne, s'empare d'une flûte et se met à discuter d'un ton léger avec une femme qui vient de l'aborder en minaudant.

– Foutue serveuse ! râle Evelyn. Elle a oublié ma vodka !

Mais je ne l'écoute que d'une oreille.

– Damien Stark… dis-je.

Ma voix me surprend.

C'est à peine plus qu'un souffle.

Evelyn affiche un air tellement sidéré que je le remarque du coin de l'œil.

– Eh bien dites-moi… J'ai tapé en plein dans le mille, on dirait, chuchote-t-elle d'un air entendu.

– En effet. Monsieur Stark… Justement l'homme que je voulais voir.

CHAPITRE 2

– Damien Stark, c'est le Saint-Graal, m'a expliqué Carl plus tôt dans la soirée.

En ajoutant aussitôt :

– Bon sang, Nikki, vous êtes vraiment canon !

Il s'attendait à me voir rougir, sûrement ; ou alors, il pensait que cet aimable compliment allait lui valoir un merci. Devant mon absence de réaction, il s'est remis à parler affaires :

– Vous savez qui est Stark, n'est-ce pas ?

– Vous avez lu mon CV. La bourse, vous vous rappelez ?

J'ai pu bénéficier de la Bourse scientifique internationale Stark pendant quatre de mes cinq années à l'université du Texas, et pour moi ces dollars en plus chaque semestre ont fait toute la différence. Bien sûr, même sans cette bourse, il aurait fallu vivre sur Mars pour ne jamais avoir entendu parler de ce type. À peine âgé de trente ans, cet ancien champion de tennis, un solitaire, s'est servi des millions gagnés sur les courts ou versés par les sponsors pour se réinventer. Sa nouvelle identité d'homme d'affaires a très vite éclipsé sa période « tennisman ». Et depuis, l'immense empire de Stark amasse des milliards chaque année.

– Oui, oui… a répondu Carl d'un ton distrait.

Il a ajouté :

– Mardi prochain, l'équipe Avril va effectuer une présentation à la Stark Applied Technology.

À la C-Squared, chaque équipe-produits se voit affublée d'un nom de mois. Ne comptant que vingt-trois employés, la boîte n'a pas encore pioché dans les mois d'automne et d'hiver…

– C'est fabuleux, ai-je répliqué, tout à fait sincère.

Les inventeurs, les développeurs de logiciel et les nouveaux entrepreneurs piaffant d'impatience sont prêts à tout pour s'entretenir avec Damien Stark. C'était un peu comme si Carl avait décroché le gros lot avec ce rendez-vous. J'avais eu raison de me démener pour obtenir ce job.

– Carrément, oui ! a approuvé Carl. Nous allons leur montrer la version bêta de notre logiciel d'entraînement en 3D. Brian et Dave sont avec moi sur le coup.

Brian et Dave, les deux développeurs de logiciels qui ont écrit presque tout le code du programme en question. Ses applications dans le domaine sportif étant innombrables et la Stark Applied Technology se consacrant essentiellement à la médecine du sport et à l'entraînement, j'en suis arrivée à la conclusion que Carl était sur le point de lancer un nouveau produit gagnant.

– Je tiens à votre présence parmi nous, a ajouté mon patron.

J'ai failli lever triomphalement le poing, mais je me suis contenue, nous évitant ainsi une situation embarrassante.

– Pour le moment, nous sommes censés rencontrer un certain Preston Rhodes. Vous savez qui c'est ?

– Non.

– Personne ne le sait. Parce que ce Rhodes est un sous-fifre.

Donc, Carl n'avait pas obtenu de rendez-vous avec Stark en personne.

– Petite devinette, Nikki : comment un génie en pleine ascension… moi ! peut-il décrocher une rencontre en tête-à-tête avec un type audacieux et dynamique comme Damien Stark ?

– En faisant travailler son réseau.

Je n'étais pas la première de ma classe pour rien.

– Et c'est pour ça que je vous ai engagée, ma chère.

Tout en se tapotant la tempe, Carl m'a regardée des pieds à la tête, en s'attardant sur mon décolleté. Au moins, il n'a pas poussé la maladresse jusqu'à confirmer tout haut ce que je soupçonnais : manifestement, il espérait que ma poitrine – si son logiciel ne se révélait pas assez convaincant – allait inciter Stark à assister personnellement à la rencontre. Honnêtement, je n'étais pas certaine que les atouts dont je dispose suffisent à cette tâche. Je suis agréable à regarder, certes, mais plutôt dans le genre voisine d'à côté, ou petite fiancée de l'Amérique. Or, je sais que Stark a un faible pour les top-modèles mondialement connus.

Je l'ai appris il y a six ans. À l'époque, il arpentait encore les terrains de tennis, et moi, je chassais le diadème dans les concours de beauté. Ce jour-là, en tant que célébrité, Stark s'était retrouvé juge à l'élection de Miss Tri-County Texas. Nous n'avons échangé que quelques mots lors de la réception organisée pendant l'événement, mais notre rencontre est restée gravée dans ma mémoire.

Postée près du buffet, je contemplais de minuscules carrés de cheese-cake. Je crevais d'envie d'en engloutir, mais j'avais peur que ma mère ne devine mon écart de conduite rien qu'en humant mon haleine. Stark était arrivé avec cette assurance qui peut paraître de l'arrogance chez certains hommes, mais ne faisait qu'ajouter à son sex-appeal. Il m'avait d'abord dévisagée, puis son attention s'était portée sur les cheese-cakes. Il en avait enfourné, mâché et avalé deux, avec un grand sourire à mon intention. Ses yeux étranges, l'un ambre et l'autre presque noir, semblaient pétiller d'allégresse.

Je m'étais creusé la cervelle pour trouver un truc intelligent à lui dire, et j'avais misérablement échoué. J'étais restée là, un sourire poli collé aux lèvres, me demandant si son baiser pouvait transmettre le goût du cheese-cake sans les calories.

Il s'était penché vers moi et cette proximité accrue avait failli me couper le souffle. Puis il m'avait dit :

– Je crois que nous sommes des âmes sœurs, mademoiselle Fairchild.

– Pardon ?

Il pensait au cheese-cake, sûrement. Doux Jésus, quelle tête avais-je faite quand il en avait mangé ? Pas envieuse, j'espère ? Une idée consternante.

– Nous préférerions être ailleurs, vous et moi, m'avait-il précisé.

Presque imperceptiblement, il avait incliné la tête vers l'issue de secours la plus proche. Une vision m'avait aussitôt envahie : cet homme me prenant par la main et m'entraînant à toutes jambes vers la sortie. La précision de l'image était effrayante. Surtout que je l'aurais suivi sans hésiter.

– Euh… ben… avais-je marmonné.

Ses yeux s'étaient plissés quand il avait souri. Il avait voulu me dire quelque chose, mais je ne saurais jamais quoi parce que Carmela D'Amato était arrivée d'un pas majestueux et avait glissé son bras sous le sien :

– Damien, mon chéri… Tu viens ? On doit y aller…

Son accent italien était aussi épais que ses cheveux noirs et ondulés. La presse people, ça n'a jamais été ma tasse de thé, mais difficile d'éviter les potins quand on fréquente les concours de beauté. J'avais lu les gros titres et les articles qui racontaient que le grand champion de tennis du moment sortait avec le top-modèle italien.

– Mademoiselle Fairchild… m'avait-il dit avec un petit hochement de tête en guise d'au revoir.

Puis il avait tourné les talons et escorté Carmela dans la foule. Je les avais regardés quitter le bâtiment, en me disant, pour me consoler, que j'avais lu des regrets dans son regard quand nous nous étions séparés. Des regrets et de la résignation.

Je me faisais des idées, sûrement. Pourquoi aurait-il eu des regrets ? Mais ce joli petit fantasme m'avait permis de tenir jusqu'à la fin du concours.

Bien entendu, je n'ai pas soufflé mot de cette rencontre à Carl. Certaines choses, il vaut mieux les garder pour soi. Et particulièrement mon impatience à l'idée de revoir Damien Stark.

– Venez, Miss Texas, murmure Evelyn, me tirant de ma rêverie. Allons lui dire un petit bonjour.

Je sens une petite tape sur mon épaule. Je me retourne : c'est Carl, juste derrière moi. Il sourit de toutes ses dents, comme un mec qui viendrait de tirer un coup. Mais on ne me la fait pas, à moi. En fait, il est simplement euphorique à l'idée d'approcher enfin le célèbre Damien Stark.

Moi aussi, d'ailleurs.

La foule s'est de nouveau déplacée et je ne vois plus notre cible. Je n'ai pas encore aperçu son visage, d'ailleurs, juste son profil – et même ce profil a disparu. Evelyn me précède, nous progressons dans la foule, nous arrêtant de temps à autre quand elle veut échanger quelques mots avec ses invités. Un homme trapu portant une veste à carreaux se déplace soudain vers la gauche, me révélant à nouveau la silhouette de Damien Stark.

Avec six ans de plus, il est tout simplement superbe. L'impétuosité de la jeunesse a laissé place à une assurance d'homme mûr. Il est Jason, Hercule, Persée ! Il est si fort, si beau, si héroïque que le sang des dieux coule forcément dans ses veines. Sinon, comment expliquer la présence parmi nous d'un être aussi parfait ? Son visage est un ensemble harmonieux de lignes et d'angles sculptés par l'ombre et la lumière, lui conférant une beauté tout à la fois classique et très spéciale. Ses cheveux d'ébène absorbent complètement la lumière, comme les ailes d'un corbeau, mais ils n'en ont pas l'aspect lisse. En fait, il est un peu ébouriffé : on dirait qu'il vient de passer la journée en mer...

Contrastant avec le pantalon de ville et la chemise blanche apprêtée, cette chevelure ajoute à son élégance désinvolte. Il est facile de croire que cet homme est autant à l'aise sur un court de tennis que dans un conseil d'administration.

Ses célèbres yeux vairons me captivent. Ils ont de la

nervosité en eux, du danger, de noires promesses. Et plus important encore, ils sont fixés sur moi. Stark observe mon approche.

En traversant la salle, j'ai une étrange impression de déjà-vu ; je marche d'un pas égal, hyperconsciente de mon corps, de ma posture, des endroits où je pose le pied. C'est idiot, j'ai le sentiment de participer à un concours de beauté, comme au bon vieux temps.

Je refuse de le dévisager. Une sorte d'agitation s'est emparée de moi. Comme si Stark pouvait voir sous l'armure que je porte en plus de ma petite robe noire. Et je n'aime pas ça.

Encore un pas, un autre…

Je pose les yeux sur lui, je ne peux pas m'en empêcher. Nos regards se croisent et je jurerais que tout l'air est aspiré hors de la pièce. Mon vieux fantasme prend vie, ce qui me plonge dans la plus grande confusion. Puis la sensation de déjà-vu s'efface, et il ne reste que ce moment électrique et puissant.

Et tellement sensuel…

J'ai l'impression de tournoyer dans l'espace, sauf que je suis bien là, avec un sol sous mes pieds, des murs autour de moi, et les yeux de Damien Stark dans les miens. J'y vois de la chaleur et de la résolution, très vite remplacées par un désir brut et primal, si intense que j'ai peur de me briser sous son poids.

Carl me prend par le coude et m'aide à retrouver mon équilibre ; je viens de trébucher, je m'en rends compte alors.

– Ça va ? s'inquiète-t-il.

– Je ne suis pas encore habituée à ces chaussures…
Merci.

Je jette un coup d'œil à Stark dont le regard a perdu
de sa vivacité. Sa bouche n'est plus qu'une ligne fine. Il
s'est passé un truc bizarre, mais c'est terminé.

Quand nous le rejoignons enfin, j'ai presque réussi à
me convaincre que j'ai rêvé.

Pendant qu'Evelyn présente Carl à Stark, je réfléchis à ce que je vais dire à cet homme. Voilà, c'est mon
tour. Mon patron pose une main sur mon épaule et me
pousse discrètement vers Stark. Sa paume en sueur est
moite sur ma peau nue. Je crève d'envie de m'en débar-
rasser d'un haussement d'épaules.

– Voici Nikki, la nouvelle assistante de Carl, dit
Evelyn.

Je tends la main :

– Nikki Fairchild. Ravie de vous rencontrer.

Je ne lui précise pas que nous nous sommes déjà
croisés. Je n'ai pas envie de lui rappeler que j'ai défilé
devant lui en maillot de bain il y a quelques années.

– Enchanté, mademoiselle Fairchild, me dit-il sans
me serrer la main.

Je sens mon estomac se nouer, mais je ne sais si c'est
parce que je suis nerveuse, déçue ou en colère. Son
regard passe de Carl à Evelyn. Il fait tout pour éviter le
mien.

– Je vous prie de m'excuser, leur dit-il. Je dois m'en
aller, on m'attend.

Et voilà, il a disparu, avalé par la foule, comme un
magicien dans un panache de fumée.

– Mais putain, qu'est-ce que… ? s'exclame Carl, résumant ce que je ressens à la perfection.

Un peu trop calme à mon goût, Evelyn me dévisage, sa bouche expressive déformée par une moue perplexe.

Je n'ai pas besoin qu'elle parle pour deviner ses pensées. Elle se pose exactement la même question que moi, je le sais très bien : *Ça alors ! Qu'est-ce qui vient de se passer ?*

Et aussi, encore plus perturbant : *Mais bon sang, à quel moment a-t-elle merdé, cette petite ?*

TOUS LES LIVRES SUR NIKKI ET DAMIEN
Délivre-moi
Possède-moi
Aime-moi
Comble-moi
Prends-moi
Joue mon jeu
Sur tes lèvres
Sur ta peau
À tes pieds
Séduis-moi
Surprends-moi
Retiens-moi
Tout contre toi
Tout pour toi
Protège-moi
Damien

En ton nom

En crescendo (nouvelle)

En plein cœur

Droit au cœur - Mister Janvier

Vague à l'âme - Mister Février

Raison d'être - Mister Mars

Coup de sang - Mister Avril

État d'âme - Mister Mai

Droit au but - Mister Juin

Au beau fixe - Mister Juillet

Diable au corps - Mister Août

Cri du cœur - Mister Septembre

Corps à corps - Mister Octobre

État d'esprit - Mister Novembre

Force d'âme... - Mister Décembre

Nos adorables mensonges

Nos drôles de jeux

Nos belles erreurs

Délivre-moi

Possède-moi

Aime-moi

Comble-moi

Prends-moi

Joue mon jeu

Sur tes lèvres

Sur ta peau

À tes pieds

Séduis-moi

Surprends-moi

Retiens-moi

Tout contre toi

Tout pour toi

Protège-moi

Damien

J. Kenner

J. Kenner (alias Julie Kenner) est une auteure de best-sellers internationaux figurant aux classements des journaux *New York Times, USA Today, Publishers Weekly* et *Wall Street Journal*. Elle a écrit plus d'une centaine de romans, de romans courts et de nouvelles dans toutes sortes de genres littéraires.

Selon *Publishers Weekly*, JK est une auteure qui a un « don pour le dialogue et la création de personnages excentriques », et le *RT Bookclub* estime qu'elle a su « répondre aux besoins du marché en créant des anti-héros scandaleusement attirants et dominateurs, et des femmes qui fondent pour eux. » Six fois finaliste de la prestigieuse récompense RITA (*Romance Writers of America*), JK a remporté son premier trophée RITA en 2014 pour son roman *Claim Me* (tome 2 de sa trilogie *Stark*) et le second en 2017 pour son roman *Wicked Dirty*. Elle a vendu des millions de livres, publiés dans plus de vingt langues.

Au cours de sa précédente carrière, JK a exercé comme avocate en Californie du Sud et au Texas. Elle vit actuellement dans le centre du Texas, avec son mari, ses deux filles et deux chats plutôt lunatiques.

Visitez son site web www.juliekenner.com pour en savoir plus et pour entrer en contact avec JK sur les réseaux sociaux !

www.jkenner.com